星之魔法少女 4

燃點魔幻之火

車人 著

新雅文化事業有限公司
www.sunya.com.hk

人物介紹

畢芯言

年齡：11歲

來自：地球

身分：小五學生，魔法少女

魔法元素：光

魔力來源：星之碎片——紫水晶

魔法裝備：光之魔杖

騰騰

原名：亞古力多克司

年齡：❓

性別：男

來自：魔幻國——星空王域

身分：魔法精靈

魔法能力：時間放緩

林芝芝

年齡：11歲

來自：地球

身分：小五學生，魔法少女

魔法元素：水

 魔力來源：星之碎片——藍水晶

魔法裝備：魔法手套、魔法眼鏡

毛毛

年齡：❓

性別：男

來自：魔幻國——冰雪王域

身分：魔法精靈

魔法能力：❓

希比

年齡：12歲
來自：波拉蘭國
身分：波拉蘭國的戰士，也是魔法少ち
魔法元素：火
魔力來源：星之碎片——紅水晶
魔法裝備：鳳凰之弓、鳳凰連弩

熒熒

年齡：❓
性別：女
來自：魔幻國——森林王域
身分：魔法精靈
魔法能力：開啟時空之門

高柏宇

年齡：12歲

來自：地球

身分：小五學生

魔法元素：火，也能運用土、風和水

魔法裝備：魔法指環、炎神之刃

魔幻國地圖

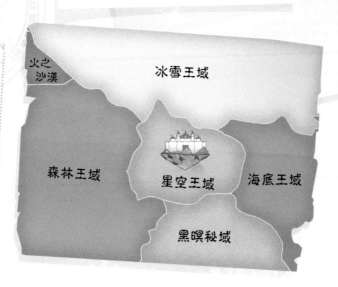

火之沙漠

冰雪王域

森林王域

星空王域

海底王域

黑暝秘域

占卜師的預言

　　魔幻國是宇宙中一個小小的星球，它的核心是由一塊巨大的魔幻水晶主宰，萬物透過魔幻水晶的神奇力量都能感受到潛在身體的自然元素。住在這裏的魔法師、騎士、精靈、平民、動物、植物等都非常善良，各人生活安定和諧。

　　魔幻國劃分了五塊領土，星空王域、森林王域、冰雪王域、海底王域和黑暝秘域，各塊領土都擁有獨特的力量以維持魔幻國的平衡。按照魔幻國傳統，每塊領土都是由一位公主管治，除非發生了特別的事情，否則每一屆公主的任期也是一百魔法年。

　　這一天是魔幻國重大的日子，四位不同領域的公主專程來到星空王域參與露露公主的登位慶典，見證星空王域踏入新的里程碑，而主持儀式的人就是地位崇高的大魔法騎士——安雷爾·普名。

　　輪廓棱角分明的大魔法騎士跟傳聞一樣威風凜凜，他穿上閃閃生輝的銀白色魔法鎧甲，披着長長的白色披

風，有着不怒而威的氣勢。

宏偉的水晶圓頂上透來明亮而柔和的陽光，眾位貴賓已在圓拱大殿靜候公主的進場。

豎琴奏起悠揚的樂韻，圓拱形的大門緩緩向兩側打開，身穿典雅禮服的露露公主由騰騰陪同下踏上鑲着燙花金邊的紅色絨毛地毯，一步一步走到大殿中央接受大魔法騎士的祝福。

「露露公主，你願意接受保衞星空王域的使命，在未來一百魔法年為星空王域奉獻嗎？」大魔法騎士謙恭地問。

「我務必竭盡所能，保衞星空王域！」露露公主眨動那雙清澈靈動的明眸，帶着堅定的信心說。

「願魔幻水晶力量帶給星空王域和平！」大魔法騎士把象徵擁有星空王域權力，鑲有星光寶石的皇冠放在露露公主的頭上。

「我宣布從現在開始，露露公主正式成為星空王域的管治者！」

「謝謝你，安雷爾老師！」

「是我的榮幸！」大魔法騎士單膝向露露公主下

跪，親吻她的手。

「恭喜你啊！」四位領域的公主不約而同的上前向露露公主恭賀。

「謝謝大家。」登位典禮完滿結束，露露公主好不容易舒一口氣。

各位公主由侍從帶領下，來到星空王域的空中花園裏享用公主早已預備的精緻點心。

「露露公主，你竟然邀請到來無蹤、去無影的大魔法騎士替你主持加冕儀式，我真是羨慕！」森林公主芭亞熱情地拉着露露公主，笑容相當燦爛。她身上穿着一套淡黃色的蓬蓬裙，那薄紗輕袖看上去非常飄逸。

「剛才我真的很緊張呢，」露露公主的臉頰上泛着紅暈，她雙手按着剛剛平靜下來的胸口，説，「幸好一切順利！」

「為了擁有一個完美的加冕典禮，我特意在事前綵排了無數次。雖然已經過了五魔法光年，但每次想起那一幕都令我感到滿意。」以美麗和冷傲見稱的冰雪公主維莉優雅地端起一個杯子，她一身冰藍色長裙配搭着那銀色盤起來的髮髻，令她更覺雍容華貴。她向着露露公

主嫣然一笑，說：「不過，露露公主，你剛才的表現也算不錯了！」

「距離我登位的日子已經太久了，我早已忘記了當時的心情！」海底公主蒂莎穿了一條領口是海綠色波浪邊的碎花裙，她望着桌面上五彩繽紛的蛋糕，把眼珠兒轉來轉去，三心兩意的選不定哪種口味。

「我真的很感動，」黑暝公主納妮的聲音微微顫抖，不難看得出她藏在眼神裏那喜悅的神彩。她拿出手帕，輕輕擦去眼角晶瑩的淚水，「我期待這一天的來臨已經很久了！」

「謝謝你，納妮！」露露公主走到納妮跟前，深深的與她擁抱。

黑暝公主是眾王域之中年紀最輕的公主，她長着一頭烏黑亮麗的秀髮，與她嫩滑的雪肌成了明顯的對比。她那柔弱的氣質跟細小的個子很合襯，甜美的笑容卻隱約透露着一絲羞怯。

納妮跟露露從小時候已經是一雙形影不離的好朋友，她倆同是大魔法騎士的得意門生。她們一起成長，一起進入魔法學校學習，而且更是魔法學校建校以來成

績最優秀的學生。二人的感情非常要好，所有心事兒都可以互相分享。

當露露得知納妮在眾多黑暝公主之中被挑選成為黑暝秘域的管治者時，她是多麼的替納妮高興。她知道納妮一直非常認真地學習魔法，心裏想的全是為自己的領土着想，最後能成為管治者把理想付諸行動，她簡直開心得睡不着。

現在換過來，露露成為了星空王域的管治者，納妮同樣替她高興，沒有什麼比二人一起成為自己領土的管治者更令人鼓舞了。她們決意日後在兩個地域多辦交流活動，加深兩地人民的聯繫。

突然，一陣怪風在五位公主的背脊掠過。大家立即往後看，可是什麼也看不到。

當大家一回頭，只見露露公主旁邊突然出現了一位身材佝僂的老巫師。老巫師從頭到腳包裹着長得拖地的黑披風，只隱約露出滿布皺紋的嘴巴。老巫師輕輕揮袖，面前的蛋糕立即像長了一雙腳一樣移到一旁去，騰出位置給他把手中的黑色水晶球放到桌上去。

「你⋯⋯你是從哪裏來的？」森林公主芭亞好奇地

問老巫師。

「呵呵……」老巫師咧嘴而笑，露出一排染黑了的牙齒，很是嚇人。

「露露公主，他到底是誰？」一向冷靜的冰雪公主維莉看到老巫師也顯得十分緊張。

「我……我不知道……」露露公主一臉迷惘，正想召喚遠處的侍從，卻被老巫師的話打住了。

「各位公主，你們有所不知了。根據星空王域的傳統，每當公主登位，都會邀請巫師替王域占卜預言……」老巫師帶着沙啞的聲音説。

「預言？在我登位時也沒有這樣的傳統！」冰雪公主維莉瞇起雙眼疑惑地説。

「我也從來沒聽説過……」海底公主蒂莎點頭和應着。

「露露公主，真的是星空王域的傳統嗎？很奇怪啊！」森林公主芭亞問。

黑暝公主納妮看着不知所措的露露，心裏十分焦急，因為她總覺得有種説不出口的不對勁。

「呵呵呵！我要開始了！」老巫師沒理會其他公主

的說話，他伸出一雙乾瘪的手放在黑色水晶球上，然後他那黑色披風開始鼓脹起來。

彩色的天空漸漸褪色，霧霾在水晶球湧出來，老巫師全身在發抖，五位公主都感到不安。

「看到星空王域的未來嗎？」森林公主芭亞忍不住問老巫師。

「很可怕……」老巫師提高嗓門怪叫。

「怎麼了？」海底公主蒂莎把雙手緊緊握着裙擺。

「我看見泉水乾涸……」

「泉水？是星空王域力量泉源的魔法噴泉？」

「漆黑一片，魔幻之火已經熄滅……還有……魔海珍珠暗淡無光……」

「不可能的，代表森林王域魔法力量的魔幻之火永遠不會熄滅！」森林公主芭亞激動地說。

「對，你別胡說！魔海珍珠是海底王域魔法力量的象徵，珍珠會一直照耀海洋，絕對不會變暗！」海底公主蒂莎怒氣沖沖地說。

「雪停了，冰融了，堅固的魔雪冰花也枯萎了……還有禁閉着黑暗力量的魔冥之鎖將會解放……」老巫師

繼續說。

「可惡，你到底是什麼人？竟在這裏妖言惑眾！」

「黑暗即將降臨魔幻國，強大的力量逐漸吞噬各個領域⋯⋯」

「那麼要怎樣做才可以避免這結果？」黑暝公主納妮憂心忡忡地問。

「納妮，你不是相信他的預言吧？」海底公主蒂莎怒氣未消。

「我只是⋯⋯」一向謹慎行事的黑暝公主納妮起初只是半信半疑，但越聽下去，她就越是擔心。

「要解救這個困局，就需要更強大的魔法力量⋯⋯當星光寶石的光芒消失，一切將不可挽回⋯⋯」

「星光寶石？」露露公主的心感到不安，立即查看自己頭上的皇冠，幸好仍然安然無恙。

「鏗！」銀光一閃，一把鋒利的劍抵着老巫師的頸項。

是大魔法騎士！

「你這妖巫，來這裏到底想做什麼？」大魔法騎士喝斥老巫師。

「呵呵呵！預言是不能改變的！」老巫師竄身飛上半空，天空的黑雲把他團團圍住。

當大魔法騎士追上前揮劍刺向老巫師，老巫師已沒入黑雲逃之夭夭，瞬間消失於大家的眼前。

天空漸漸回復平靜，彩雲再次展現，可是各位公主的心情仍然未能平復。

「各位公主，從來光明與黑暗並存，魔幻國五大領域的魔法力量絕對足夠抵抗邪惡的黑魔法。只要大家團結起來，任何力量都不能動搖魔幻國。」

大魔法騎士的話驅趕剛才的詭異氣氛，就像給大家注入一枝強心針。

「既然地位超然的大魔法騎士也這樣說，我們就放心了！」冰雪公主笑着回應，其他公主也覺有理紛紛點頭附和。除了黑暝公主納妮，她的眉頭皺得緊緊，對剛才老巫師的預言仍然耿耿於懷。

大魔法騎士若有所思，然後轉身望着露露公主，說：「好了，或許我也是時候向下一個旅程出發。」

「你這麼難得才回來，這樣快又要走了嗎？我還有許多事情需要你協助！」露露公主顯得有點失望。

「能夠傳授的魔法我已經全部教曉你，星空王域現在就交給你了，你要努力啊！」大魔法騎士一翻斗篷，整個人就一下子不知所蹤。

　　「安雷爾老師⋯⋯」露露公主還未趕得及回話，大魔法騎士已在她眼前消失了。

　　大魔法騎士果然如傳聞一樣來無蹤，去無影。

魔法少女的聚會

「準備好啦！」穿上漂亮小裙子的芯言望着鏡子，把兔子髮夾夾在剛梳好的小辮子上，她拿起背包一枝箭似的走出大廳：「媽媽，我出門了！」

「等等啊！你還未吃早餐呢！」媽媽從廚房端出一碗香噴噴的番茄通粉來。

「不吃了，我快要遲到啦！」芯言匆匆穿上鞋子，打開大門。

「到柏宇的家玩記緊要有禮貌喔！」媽媽吩咐着，「別給人家添麻煩呢！」

「放心吧，芝芝也會跟我一起去的！」芯言揮揮手，一溜煙的跑出門口。

「芯言！你忘記穿外套啊！」媽媽拿着外套，急急走出門口。

「哎呀！我真冒失！」剛走進電梯的芯言唯有氣餒地折返。

「路上要小心呀！」媽媽親了一下芯言的額角，再

三叮囑。

「知道了！」

走出大廈的大門，一陣涼風吹來，芯言趕緊扣上大衣鈕扣，加快腳步向着公園走去。

「一早說你要早點起牀吧！」芯言頭上的髮夾突然轉轉眼珠，帶着怪責的口吻說。

「天氣轉冷了嘛，被窩暖烘烘的。剛才只想着多睡一會兒，想不到一睡變成睡過了頭！」芯言一邊跑，一邊說。

「是呢，騰騰，你不是懂得瞬間轉移的魔法嗎？」芯言問，「只要使出魔法，我們便可立即去到公園，不用遲到了！」

「不可以的，魔法使和精靈在地球是不可隨便運用魔法，除非到了必要的時候，否則我們都要隱藏魔法力量，避免造成麻煩！」

「那……好吧！」芯言失望地說。

「跑快點吧，大家等着你呢！」騰騰說。

小徑的兩旁長着茂密的大樹，芯言跑了十分鐘，終於來到三岔口，眼前兩個熟悉的人影一早已經站在那裏

等待她。

「芯言！」一把柔柔的呼喚聲傳來，一個綁着兩條辮子的女孩向芯言揮手。

「早安，芝芝！」芯言邁步向芝芝跑去。

溫婉聰穎的芝芝是芯言的同班同學，也是她最要好的朋友。芝芝在不久之前更通過魔法考驗成為了藍晶魔法少女，與芯言並肩作戰。

「為什麼這麼遲，不是遇上什麼事吧？」穿上了一件淺藍色大衣，繫着一條雪白頸巾的芝芝擔心地問。

「沒有呢，我睡過頭了！」芯言吐吐舌頭，不好意思地說。

「你們真是糊塗！」熒熒展開翅膀，不滿地說，「我們站在寒風中等你很久了！」

「才不是我呢！我一早便起身了！」騰騰板起臉反駁說。

「不打緊，只是等了一會兒！」希比在這寒冷的天氣還只是穿了一件單薄的衣服，火系元素的她的確很耐寒呢。

希比是紅晶魔法少女，也是傳說中波拉蘭國的戰

士，站在她手臂上的火鳳凰燊燊便是她的守護精靈。

今次大家是應柏宇的邀請，一起去他的家作客，說什麼有特別的東西讓大家大開眼界。

「咦！毛毛呢？」芯言突然想起芝芝的守護精靈。

「你看不到他嗎？」芝芝淺淺笑了。

芯言圍着芝芝團團轉一個圈，她左看右看也看不到毛毛。

就在這個時候，掛在芝芝頸上毛茸茸的頸巾突然在晃動，一雙如寶石一樣的藍眼珠在雪白的毛毛上露出來。

「毛毛？」芯言瞪大雙眼不敢置信，毛毛竟然變成一條溫暖的頸巾繞在芝芝頸上。

「大家好！」毛毛揮揮手跟大家問好。

「好溫暖啊！」芯言撫摸着毛毛柔軟的毛髮，羨慕地說。

「時候不早了，我們起程到柏宇家吧！」燊燊拍拍翅膀，急不及待地說。

三位星之魔法少女和她們的守護精靈一起穿過長滿茂密大樹的小徑，來到磚牆後位於石路盡頭，隱蔽的灰

白色獨立大屋。

芯言環顧四周，發現上一次在花園用魔法跟蝠眼鼠打鬥的痕跡已經完全消失，連屋頂破損的瓦片也修補好了。

「柏宇，我們來到了！」芯言發現大門沒有鎖上，於是扭動把手推開大門。

「怎麼客廳煙霧瀰漫的？好像還有一股燒焦味?」芯言四處搜尋着氣味的來源，她發現濃煙不斷從房門門縫湧出來，緊張得指着房間大叫：「那間是柏宇的房間！」

「不是發生了什麼事吧！」騰騰一心急，便變身成小兔子，一溜煙衝去推開房門，怎料滾滾的煙霧迎面撲來，大家見狀立即掩着口鼻。

「是火災嗎？」芝芝嚇得驚叫。

「怎麼辦？」芯言走上前撥去濃煙。

「噢！原來你們來到了！」在房裏的柏宇蹙起他的劍眉，歪着頭望着大家。

「柏宇你在幹什麼？」看到柏宇安然無恙，芯言才敢舒一口氣。

「我還未吃早餐，感到有點肚餓，所以打算烤一片火腿來吃，沒想到不小心烤焦了一點點。」柏宇提起燒得焦黑的火腿說。

「你經常這樣燒東西嗎？」芝芝被煙嗆得不斷咳嗽，她放下頸上的毛毛，被燻得眼淚流個不停的毛毛隨即變回圓滾滾的小毛球。

芯言連忙推開窗戶，濃煙開始往外頭飄去：「你這樣做很容易發生火警的！」

「不用擔心，如果燒着了什麼，我也會用水魔法把它弄熄！」柏宇擺擺手，輕佻地說。

驚慌過後，芯言漸漸氣上心頭，她撐着腰向柏宇說：「魔法不可以胡亂用的！」

「我沒有胡亂用啊！」柏宇反駁說，「我只是合理運用！」

「你……」芯言正想回話，卻被芝芝打斷了。

芝芝意識到即將展開一場激烈的對罵戰，於是拉着芯言，想法子打開另一個話匣子，「芯言你看，原來柏宇的房間是這麼整潔！」

柏宇的房間很大，而且意想不到地簡潔，木色的家

具感覺很明亮，整齊的書櫃、收拾好的牀鋪、一塵不染的書桌，左邊牆還垂下一塊天藍色的布簾，原來柏宇是一個愛整潔的男生。

「上次沒時間看清楚，這房子的確比我想像中整齊多了！」芯言環顧四周，心裏佩服地說。

「呵呵，我的房間一定比你的整齊吧！」柏宇揶揄芯言。

騰騰默默點頭，立即換來芯言的厲眼。

毛毛看到軟綿綿的牀，忍不住跳上去，他興奮的從一邊滾到另一邊：「這張加大號的牀對你來說，未免太大了吧！」

騰騰很快也加入滾牀的活動，他倆把柏宇的牀當作彈牀般跳來跳去，原來守護精靈也有傻乎乎的一面。

「真無聊！」熒熒暗暗地說。

接着，柏宇轉身走向牆邊，他輕輕拉起布簾，後面竟然藏着一個玻璃大櫃。大家定眼一看，原來大櫃內藏着一些被淨化了的小魔獸。

「什麼？是魔獸？」騰騰把臉貼向玻璃大櫃，大聲叫道。

「一、二、三、四、五、六、七、八……柏宇，原來你已經捉了這麼多小魔獸！」芝芝托起眼鏡，用指尖點算着玻璃櫃裏的奇珍異獸。

背上長滿尖刺的毛毛蟲、尾巴比身體還要長的烏龜、用兩條腿站立奔跑的蜥蜴……玻璃櫃裏還有其他從未見過的小魔獸。

「這就是你想給我們大開眼界的東西？」熒熒拍拍翅膀，不屑地説：「沒什麼特別罷了！」

「這些全是被淨化了的小魔獸！」柏宇得意地説，「你看！牠們多可愛！」

柏宇十分重視玻璃箱的陳設，裏頭因應不同魔獸大小，掛着親手造的小屋子，設有各種爬繩、鞦韆、迷你瀑布等遊樂設施，還種了不同的植物，就像一個小小的樂園。

「想不到你的房間會變成一個小魔獸樂園！」希比嘴角掛着淺淺的笑意。

「這些不同種類的小魔獸竟然沒有打架？」毛毛驚訝地問。

「嗯！我也想不到這些魔獸能夠和睦地生活！」柏

宇打開玻璃櫃的小門，拿起其中一隻長着鮮黃色觸角的小魔獸放在自己的肩膊上，小魔獸高興地在跳來跳去。

「淨化了的魔獸都變得很善良，不會傷害其他魔獸！」騰騰解釋說，他語重心長的告誡柏宇：「不過，假如魔獸的數量越來越多，那為了牠們着想，就得把牠們送回魔幻國生活。」

「我知道的……」在柏宇臉上隱隱看到不捨，他伸出手來，頭上的小魔獸立即乖乖地跳到他的掌心。柏宇在衣袋拿出一塊餅乾遞給小魔獸，小魔獸吃得津津有味。

看來柏宇已經與這些小魔獸建立了深厚的感情，要他們分開似乎不是一件容易的事。

「不知道還有多少魔獸流落在地球呢！」芝芝眨動長長的睫毛，擔心地說。

「黑暝秘域的使者一直在追尋星之碎片的下落，他們一定會繼續派魔獸來地球搗亂的！」希比說，「我們要想法子儘快把餘下的星之碎片找回來！」

「咕咕……」柏宇的肚子傳來巨響，大家的視線立即向他轉過來。

「看來，我們首先要醫好柏宇的肚子！」毛毛笑說。

　　「啊，你不是說還未吃早餐嗎？不如我到廚房煮給你吃吧！」芝芝說。

　　「哎呀！剛才趕着過來，我也未吃早餐呢！」芯言摸了一下扁扁的肚子說。

　　「因為貪睡的芯言睡過頭，累我也沒有早餐吃！」騰騰埋怨說。

　　「我想毛毛也餓了吧，讓我煮一頓豐富的早餐給大家吃！」芝芝說。

　　「那就感激不盡了！廚房就在那邊！」柏宇走出房間，指向大廳另一邊，「雪櫃的食材可隨便使用啊！」

　　「好呀！我們真有口福，可以吃到芝芝親自下廚的美食！」芯言雙手合十，打從心底的欣喜地說。

　　「我也來幫忙吧！」希比放下肩膀上的燊燊，隨意束起頭上橘紅色的長髮，跟着芝芝一起走到廚房去。

豐富的早餐

　　毛毛和騰騰再次投入彈牀世界，他們在空中翻騰、三百六十度轉身，就像體操好手做出一連串不同動作，樂不可支。

　　三隻守護精靈中，騰騰的性格直率，毛毛心思細膩，而燚燚相對傲慢。

　　「過來一起跳吧！」毛毛見站在一旁的燚燚悶悶不樂似的，於是邀請她加入。

　　「我才不會跟你們一樣無聊！」燚燚別個臉，滿不在乎地說。

　　「來吧！看誰跳得最高！」被彈到半空中的毛毛一面翻着筋斗，一面游說燚燚。

　　「算吧，她一定是怕輸才不敢過來！」騰騰故意挑釁燚燚。

　　「哼！任何比賽我也未曾輸過！」燚燚最後也按捺不住，加入跳彈牀的行列。

　　另一邊廂，柏宇和芯言在玻璃櫃前望着小魔獸。

「這些都是我們在地球一起淨化的魔獸，原來不知不覺已有這麼多。」柏宇把雙手枕在後腦，説。

芯言把頭貼在玻璃上，瞪眼看着這些小魔獸道：「回想起來，捕捉每一隻小魔獸都是困難重重呢！」

「全是我們合作的成果！」柏宇補充説。

「芯言，你記得我們在哪裏找到牠的嗎？」柏宇指向纏在枝頭上的三頭小蛇，問。

「我怎會忘記！」芯言説：「那次牠把圖書館內的藏書通通翻出來，管理員以為是我們做的好事，罰我們把圖書逐一順序排好。跑上跑落收拾了大半天，就像做了一場劇烈運動，還害我錯過補習班！」

「第二天我累得睡過頭，上學遲大到呢！」柏宇笑説。

「咦！那不是吃夢的魔獸嗎？牠好像長大了！」芯言指着青綠色長着三隻小尖角，夾着彩色長長尾巴的小蜥蜴。

「對啊，牠特別喜歡吃蘋果！」

「是呢，你曾被牠抓傷的肩膀有沒有留疤痕？」芯言問。

柏宇搖頭，然後揭開衣袖向芯言展示完好無缺的皮膚。

　　「哈哈，彩虹沙糖蜥蜥真是隻頑皮的小魔獸！」柏宇溫柔地説。

　　「彩虹沙糖蜥蜥？你給這隻小蜥蜴改了名字嗎？」芯言吃驚地問。

　　「嗯！你看牠的尾巴像不像那種味道超酸的彩色軟糖？是不是很想一口咬下去呢？」柏宇嚥一下口水，然後從抽屜拿出一本單行本子，珍而重之的翻開向芯言介紹。「每隻小東西都改了獨特的名字，我已把牠們的特徵記錄在本子裏。這是淨化前的模樣，而這是淨化後！」

　　「很傳神啊！全是你手繪的圖畫嗎？」芯言望着本子，素描旁邊清楚地描寫着魔獸出現的日期、地點，還有對魔獸攻擊招式和弱點的分析等。「冬甩飛毛、金色呆蛋頭、長頸臭臭口水，怎麼你改的名字這麼怪誕？」

　　「這些名字都是我嘔心瀝血想出來的！」柏宇把本子翻到夾着書籤那一頁，「你看，這裏還詳盡地記載着我在火之沙漠遇到的精靈資料！」

「原來你曾遇到這麼多不同的精靈和魔獸！」芯言一邊翻着井井有條的筆記本子，心底裏對柏宇的熱衷和分析力感到讚歎，她相信假如柏宇把研究魔獸的心神都花在學業上，他或許能夠名列前茅。

　　「芯言，你知嗎？那一次流落在魔幻國的我失去了記憶，現在回想起來那段日子實在可怕，我竟連你也忘記了……所以我要把這些記憶寫下來，不要再遺忘。」柏宇黯然地説。

　　柏宇一直擔起保護芯言的角色，可他原來也有害怕的時候。柏宇的話勾起芯言的回憶，她記得在柏宇失憶遺忘自己時，她心痛得快要裂開，眼淚完全停不下來。

　　「相信我吧！」芯言用温暖的手搭着柏宇，鼓勵他説：「我們再也不會忘記對方的！」

　　「傻瓜！」柏宇用指頭彈向芯言的鼻子，戲弄着她。

　　「好痛啊！」芯言一手掩着鼻子，一手向柏宇還擊，可是反應敏鋭的柏宇輕易避開。

　　「遲鈍怪！」柏宇笑道。

　　「討厭鬼！」芯言回應。

「遲鈍怪！」

「討厭鬼！」

雖然柏宇跟芯言常常鬥嘴，但其實二人早已建立牢不可破的信任。他們互相扶持、一起成長，對方在自己心中都佔着非常重要的地位。

「好了！大家可以出來吃早餐了！」聽到希比的叫喚，大家急不及待走到大廳去。

「嘩！很豐富的早餐呢！原來你倆的廚藝這麼了得！」芯言走出大廳，看到桌子上放滿美味的食物。

「很香啊！」毛毛抖動着靈敏的鼻子。

「香腸煎得外脆內軟，雞蛋裏包着洋葱和芝士，很好吃啊！」柏宇為流轉在舌尖那份香濃味道而陶醉。他忙不迭地把煎成金黃色厚切蛋餅往嘴巴送，「難道這些食物都是用魔法做的嗎？」

「那是希比的功勞！」芝芝不習慣被誇讚，她紅着臉說，「我只是在她旁邊幫忙一下！」

「不用謙虛了，要不是你幫忙，我一個人怎能這麼快完成七份早餐？」希比笑說。

「你們做了這麼多不同款式的早餐，而且賣相非常

吸引！」芯言拿起軟綿綿的三文治，欣賞地看着麵包夾着那些色彩豐富的食材。她咬了一口，讚歎地說：「這種味道很特別，令人食慾大增！」

「不是施了魔法，而是我家鄉的特別調味，你們喜歡就好了！」對於大家的讚美，希比難掩笑意。

「希比的廚藝當然了得，她除了是波拉蘭國的戰士，還是族羣中厲害的小廚師！」焱焱驕傲地說。

「焱焱，別誇張吧！」

正當大家吃得津津有味，希比右手的手環突然閃出紅光。

希比神色變得凝重，焱焱立刻飛到她的肩膀上說：「我們要走了！」

「這麼突然？不是發生了什麼事吧？」芯言緊張地問。

「不知道，這是族長交給我的手環。當波拉蘭族人需要我的時候，手環就會發出警號！」希比皺起眉頭，提起隱隱閃出光暈的手環。

「莫非波拉蘭國出現了魔獸？」芝芝說。

「不會的，波拉蘭國有保衛森嚴的防護網，而且還

有英勇的守衞，一般的魔獸絕不能入侵。」熒熒自信地
說。

「熒熒，開啟時空之門，我們回去吧！」

「等等，我們也一起去波拉蘭國吧！」柏宇提議。

「什麼？你們也去？」希比不解。

「贊成，要是發生了什麼事，我們也許能幫忙！」
芝芝說。

「對啊！多幾個人，多幾分力量！」芯言說。

「可是……」希比猶豫，但的而且確，如果再遇上
賽斯迪級數的敵人，單憑她一己之力未必能應付。

「不用再考慮了，快出發吧！」柏宇匆匆把碟子上
最後一塊蛋餅放進口裏。

「那……好吧！」希比說，「接下來還不知道會遇
到什麼危險，進入波拉蘭國前，各位星之魔法少女，我
們變身吧！」

「嗯！」芯言與芝芝異口同聲和應。

芯言閉上雙眼，召喚着蘊藏在心底的星光力量：
「紫晶星光力量，變身！」

一個巨大的紫色五芒星魔法陣從芯言腳底出現，芯

言提起腳尖，雙手從腰間往上揚，劃出優美的弧度。她的身體慢慢地自轉，魔法陣隨即往上升，穿過芯言的腳踝、小腿、大腿，繼續往上推，最後消失在芯言的指尖中。

轉眼間，芯言的身體閃耀着紫色光芒，她換上了一身紫色和粉色的華麗戰衣，手腕上配戴着手環，雙腳套上短靴，額前那細碎的瀏海下露出了一條鑲嵌着紫水晶的額環，正正壓在眉心。

同時間，芝芝也伸出雙手準備變身。

空氣中無數水點漸漸凝聚成細小的冰晶，這些冰晶散發出一股耀眼的藍色光芒。

「藍晶星光力量，變身！」芝芝前額發出淡然而華美的藍光，她叫出口號，晶瑩的水珠迅速地捲動起來，形成一條水龍捲從頭到腳把芝芝包裹着。

水龍捲像一條柔軟的絲帶繞着芝芝的身體流轉，芝芝全身隨即閃耀着寶藍色的光芒。光芒一圈一圈往外延伸，她的身形漸漸完全隱藏在這一片光芒之中。

瞬間，芝芝周圍散出通透的冰花，而她披着長長的寶石藍色斗篷，戴着白色短手套，配襯着一條鑲嵌着白

銀滾邊的海藍色短裙，套上短靴的雙腿踏着五芒星魔法陣，盡顯瑰麗。

「啊！你們都有華麗變身，我也要……」柏宇話未說完，站在他身後的希比也發動紅晶星光力量。

「紅晶星光力量，變身！」一陣令人耀眼的紅光從希比的手心射向天空，半空中立時呈現火紅色的魔法陣。

閃耀着火紅色光芒的希比敞開雙臂，她蹬腿一躍而上，輕巧地穿過旋轉中的魔法陣。一轉眼她已換上一件剪裁貼身、胸口鑲着一顆瑰麗寶石的棗紅色背心戰衣，配襯着在風中飄揚的白色短裙。她那纖幼的雙手戴上深咖色的皮革手套，左臂架着一個可以隨意伸展的護盾。

希比在半空翻身優美地落下，她那把亮麗的橘紅色頭髮輕盈地飄起，然後乖巧柔順地滑落肩膀。當她雙腳着地時，地上擦出火花，火花化為紅色的戰鞋套在希比纖纖的雙腳。

換裝後的希比散發出令人敬畏的英氣，盡顯她的高傲和美麗。

三位換上華麗戰衣的魔法少女已準備好踏上往波拉

蘭國的路。

　　在希比的指示下，熒熒展開翅膀，她的身體漸漸燃起火焰，然後飛上半空再俯衝地面。當她着地的一刻，身體沒入在地上出現的一個閃着極光的洞口。

　　「大家跳進去吧！」希比引領大家，「一起進入通往波拉蘭國的時空之門！」

波拉蘭國之旅

一陣和暖的風吹來，送上撲鼻的花香。

芯言緩緩張開眼睛，一片巨大橙色的樹葉在空中飄過，剛好落在頭上，把她整張臉完全覆蓋着。

「這是……」芯言拈起樹葉，拍拍混沌的腦袋，勉強地坐起來。

她眨眨眼睛，看到眼前的是一片橘紅色的森林，到處是參天喬木，像火球一樣的太陽高高掛在天空，四周的氣溫仿似炎夏一樣酷熱。

芯言坐在像柔軟毛氈一樣的草地上，嗅着怡人的香氣，禁不住感歎：「這裏太美麗了！」

她忽然感覺有點不對勁，回頭一看，發現芝芝竟卧在不遠處。

「芝芝！快起來啊！」芯言立即跑過去，緊張地搖晃着芝芝。

「芯言？」芝芝摘下眼鏡揉揉眼睛，迷糊地問：「為什麼我會躺在地上？」

「我也不知道！剛才我們一起跟着希比進入時空之門，後來不知被什麼撞到，當我醒來就發現置身在這個地方！」芯言努力地把腦袋內的片段拼湊起來。

「這裏是……」芝芝調校着魔法眼鏡，鏡片隨即變成天藍色的電腦屏幕。她環看四周，數據顯示這裏的溫度、指外線等都跟原來的世界不一樣，而且周圍被一層特殊的力量保護着，她托着腮幫子猜測說：「莫非我們已到達波拉蘭國？」

「可是，柏宇、希比、騰騰和燊燊到了哪裏去？」芯言着急地問。

「我記起了，我們在穿越時空裂縫的時候突然遇到劇烈氣流，我猜大家就是在那個時候不小心失散了！」芝芝猜度着。

「什麼？失散了！」芯言拉着芝芝，她想起上次誤打誤撞進入時空裂縫到達過去的魔幻國後也跟柏宇失散了，那可怕的感覺頓時湧上心頭，驚慌地叫，「為什麼又給我遇上這種倒楣事？」

「別太擔心，我們在附近找找看吧，也許他們就在不遠處降落了。」芝芝反過來安慰着芯言。

「嗯！」芯言拚命點頭，緊緊挽住芝芝的手臂。

走着走着，芯言和芝芝從一個小山丘來到一個長滿低矮而密集灌木的草原，這些樹幹像辮子一樣交纏着，而樹葉的形狀很是奇特，有三角形、正方形、長方形，也有多邊形，令二人目不暇給。

「咦？那是不是熒熒？」芯言望到前面一棵矮樹後閃過一隻飛鳥的身影，「熒熒！熒熒！」

可是對方一轉眼便飛走。

於是芯言放開芝芝，快步追上去：「等等啊，熒熒！」

「芯言，不要追了！」芝芝叫住芯言。

「芝芝，希比他們可能就在前面！」芯言回頭卻沒停下來，她加快步伐向前跑去，「你留在這裏不要走開！」

欠缺運動細胞的芝芝已盡力跑卻沒法跟上，她喘着氣向走遠了的芯言大叫：「芯言！我們別走散啊！」

可是，芯言就是聽不到，被甩得遠遠的芝芝唯有繼續追趕着她。

就在這時候，芝芝的魔法眼鏡顯示出幾個光點，光

點的數量漸漸增加。她暗忖：「糟了，魔法眼鏡探測到附近出現了一股不尋常的力量！」

「有了！」芝芝靈機一觸，伸出戴着魔法手套的雙手朝向地面：「藍晶星光力量，冰花飛濺！」

兩條冰柱從芝芝的掌心射出，前面立即鋪出一條冰路來，芝芝隨即在自己的一雙靴子下用冰造出刀片，使靴子成為一雙冰靴。

「幸好去年暑假媽媽替我報讀了溜冰課，現在大派用場了！」芝芝雙手不斷噴出冰花，雙腳則以優美的姿態向着芯言溜去。

不一會，芝芝終於看到芯言的背影了，她大叫：「芯言，不好了！魔法眼鏡探測到附近有危險！」

「什麼？」芯言聽到芝芝的聲音，於是回頭一望，剛好與高速溜來的芝芝撞個正着，「嘭」的一聲二人一起倒地。

「芯言，對不起！」芝芝連聲抱歉，「我還未學好溜冰時緊急停步……」

「不……不打緊！」芯言爬起來，再拉起芝芝，問道：「你剛才説什麼？我沒聽清楚。」

「啊！魔法眼鏡探測到附近有一股力量，我們似乎遇上了危險！」芝芝還未説完，背後就傳來一陣踏步的聲音。

「咻咻咻⋯⋯」十數個穿上奇異服飾，戴着發光眼罩，手執散發着異樣流光弓箭的箭手從四方八面竄出來。他們瞬間把芯言和芝芝團團圍着，步伐一致地向着二人步步進逼。

緊張的氣氛充斥着二人，膽小的芝芝更被這種場面嚇得全身顫抖，頻頻向後倒退。

「莫非他們是黑暝秘域派來的使者？」芯言按捺着不安的心情。

「芯言，現在怎麼辦？」芝芝嚇得僵在原地，淚水在眼眶裏打轉。

「這⋯⋯這⋯⋯」芯言的腦袋一時間空空如也，她想着到底騰騰去了哪裏。「騰騰⋯⋯對了！騰騰能夠感應星之碎片的力量，只要我們使出星光力量，他們一定會發現的！」

芯言説罷，雙手合十召喚光之魔杖。

「古老的光之魔法至高無上⋯⋯」芯言的掌心中隱

隱透現了一道紫光，釋放出一股強大的氣流，四周剎那間飛沙走石，「出來吧，神聖的光之魔杖！」

芯言把全身力量灌注在光之魔杖，她把魔杖指向天空，射出晶瑩通透的紫光。

「捉住入侵者！」一把雄亮的聲音傳來，圍着他們的箭手立即舉起弓箭戒備。他們按一下手環上的按鈕，前臂立即出現一塊堅硬的玻璃護盾。

眼前茂密的樹林突然變成一個密閉的白色空間，敵我雙方就像被困在一個細小的立方戰場對峙。

「芯言，我們被困了！」芝芝臉色發白，怯怯地說。

其中一個外形強悍的中年箭手提起巨大的弓，弦上的箭在陽光下閃出寒光，他那雙眼炯炯有神的眼睛凌厲地瞄準芯言和芝芝。他用力一拉，手指一鬆，一枝箭矢如疾風一樣猛烈地射向二人，芝芝見狀立即伸出雙手，在萬分緊急的情況下，耀眼的藍光穿過魔法手套溢出。

「藍晶防禦力量，冰之壁！」芝芝高舉雙手，指尖上凝聚着細碎發光的冰點，她毫不遲疑地在半空中畫了一個圓形，面前隨即出現一層六角雪花造成的冰晶防護

罩把二人包裹起來。

當箭頭碰上芝芝的防護罩，「咔」的一聲被反彈到遠處。

「芝芝，你真有辦法！有了這個防護罩我們就不怕了！」芯言看到箭矢被擋住，才敢呼出一口氣。

強悍的箭手不忿地再接再厲，他迅速地在箭袋抽出一枝又一枝箭搭在弦上，手臂更用力地往後拉，怎料一連串射出的箭矢都被芝芝的防護罩彈開。

「是魔法？」一個長得瘦削，拿着手杖的老人在人羣中走出來。他舉起手杖示意強悍的箭手暫停攻擊，四周環境立即回復森林的景象。

老人一臉從容，整個人看起來平易近人，他頸項前掛着一條發出淡淡光暈的頸鏈。

「你們是怎樣進來的？」老人摘下發光眼罩，露出一雙橘紅色的眼珠直直地打量二人，然後語氣轉緩的問道。

雖然芝芝見對方放下武器，但仍不敢有半點鬆懈。她眼珠一溜，感覺面前一羣箭手的服飾好像有點眼熟。

突然，天空中的雲朵從四方八面擁來，捲起一圈旋

渦，眾人的目光均被旋渦內閃出的一道極光吸引。

「大長老！」一個熟悉的身影穿過極光從天而降，優雅地着地。

「是希比！」芯言興奮地說。

「還有騰騰和毛毛！」芝芝叫道。

「大長老！她們都是來幫助我的伙伴！」希比站在那位瘦削的老人跟前，說。

「難怪她們可以越過防衞網進入波拉蘭國，原來是你帶來的朋友！」

「哇呀！」大長老還未說完，另一個身影掠過半空，速度快得令人來不及反應，緊接着高速下墜。

是柏宇，他從一棵橙色大樹的樹頂直穿下來，幸好茂密的枝葉替他減慢墜下的速度。

「嘭！」柏宇的屁股首先着地，眾人都替他感到痛楚。

「好！痛！呀！」柏宇被摔得慘叫起來。

「柏宇，你不是懂得風翼術的嗎？召喚風魔法慢慢下降就可以了！」騰騰走向柏宇，檢查他的傷勢。

「你說得真容易呢！我在時空裂縫裏翻來覆去，還

未回過神來就被狠狠地拋出來！」柏宇氣得漲紅了臉。

「不好意思，我忘記告訴你們時空裂縫常有強烈氣流，站不穩會被拋出來的！」希比合掌向柏宇道歉。

「歡迎你們來到波拉蘭國！」大長老轉身對芯言和芝芝說：「剛才沒把你們嚇壞吧？」

芝芝立即收起藍晶防護罩，她輕輕搖頭，但其實心裏仍然驚魂未定。

芯言走向柏宇，把他扶起來，關切地問：「你沒事吧？」

「看來我也需要一套保護戰衣！」柏宇搓着屁股，埋怨地說。

「是呢，大長老，你召喚我回來是否發生了什麼事？」希比問。

「我們到神殿再說吧！」大長老示意箭手散去，他頓了頓，說：「既然他們是你的朋友，也請一起來吧！」

各人的宿命

眾人跟着大長老，向橘紅色山嶺上的神殿走去，沿路兩旁盛開着姹紫嫣紅的花，紅的似火焰，粉的似煙霞，白的似雪花，一朵朵花在暖風中搖曳着，一隻隻彩蝶翩翩飛舞其間。

波拉蘭國沒有高樓大廈，沒有污染，族民純樸善良，四處生機勃勃，有如人間仙境。

「嘩！很美麗啊！」芯言接着偶爾隨風飄來的花瓣，她已被波拉蘭國如夢似幻的景象深深吸引，「你們看！這裏的風景就像世外桃源一樣呢！」

走了幾步，芯言看到田野裏閃着一片金黃，隨着和暖的風吹來，在陽光下層層梯田翻金浪一般，稻穗彷彿在跳着舞，她禁不住讚歎：「這裏實在美麗極了！」

「你已説了很多遍！很煩人啊！」心情不好的柏宇搓着腫了起來的屁股，煩躁地説。

「你亂發什麼脾氣啊！」芯言掀起嘴巴為自己辯護，「芝芝，你也覺得這裏很美麗吧？」

「對啊！」芝芝同樣被這裏的美景吸引着，她微笑説：「想不到世界上竟然有這樣的一個地方，這裏就連一呼一吸都充滿着令人陶醉的香氣！」

「波拉蘭國跟魔幻國一樣是與世隔絕的國度，這裏有最先進的科技和最自然的環境。」希比自豪地説。

「你們為什麼要隱藏這個美麗的國度？」柏宇望着希比，狐疑地問。

「幾千年前，波拉蘭族族長無意中認識了一位由魔幻國來的魔法師，那位魔法師傳授了特別的魔法力量給族長，又教導族長認識大自然的力量。族長借助這種魔法力量鑽研新科技，令我族迅速發展成一個先進文明的地方。」

「原來波拉蘭族已經有幾千年的歷史！」芝芝驚訝地説。

「魔法力量讓我們知道大自然蘊藏着無比威力，於是我們的族羣向各國推動自然能源及分享波拉蘭族擁有的技術，反對世界各地過分開採自然資源，一次又一次化解國家之間的紛爭，阻止人類破壞地球，」大長老緩緩地説，「可是換來的是一些貪婪的目光，他們對我族

的魔法力量及資源一直虎視眈眈，常派人來偷襲和搶奪我們的力量及資源。」

「雖然波拉蘭族族人的戰鬥力很強，但我們愛好和平，並不想參與戰爭，只好把波拉蘭國隱藏起來。」希比補充。

「地球的資源有限，為何大家都不懂得珍惜？」芝芝垂下長長的睫毛，她抱着軟綿綿的毛毛，難過地説。

「人類就是這樣……」希比無奈地説。

風靜下來，氣氛凝住了，大家也無言以對。

半晌，芯言打破沉默：「各位……」

「相信總有一天，我們可以改變世界的！」芯言握緊雙手堅定地説，她的話往往帶着正能量，她的笑容總是展現着希望，能令人重新振作。

「那麼，你是怎樣成為星之魔法少女？」柏宇好奇地問希比。

「有一天，我在天邊看到一襲奇異的紅光。在追查期間，我遇到受了傷的燚燚，知道魔幻國失陷的事，亦得悉星之碎片的故事，明白到要集齊星之碎片，才有打敗黑暝領主的機會。」希比堅定地説，「我決定幫助燚

熒，尋找其他星之碎片的下落，後來我通過了星之碎片決心的考驗，成為紅晶魔法少女。」

希比的勇氣盡顯在她堅毅的眼神，芯言和芝芝都非常佩服。

「那麼熒熒，你是怎樣受傷的？」擁在芝芝懷內的毛毛問道。

「我只是一時大意，」熒熒強調說，「當黑暝領主攻陷星空王域擄走公主露露，下一個攻擊目標便是森林王域。森林王域公主芭亞奮力抵抗卻未能成功，她知道自己不敵黑暝領主，於是利用所有魔法力量封鎖整個魔幻森林，令象徵森林王域力量泉源的魔幻之火不會被黑暝領主滅熄。」

熒熒說：「作為魔幻森林的守護精靈，我的責任當然是保護魔幻森林和魔幻之火，但黑暝領主的手下竟然布下埋伏！我一不小心落入他們的圈套，幾經艱難才能逃脫，誤打誤撞的來到波拉蘭國。」

「我跟大家的遭遇很相似，」毛毛目光一轉，扭動他毛茸茸的尾巴，說，「我其實是冰雪王域公主維莉的守護精靈，公主早已洞悉黑暝領主想征服魔幻國的詭

計，於是施展強力的保護魔法令冰雪王域不受入侵。可是黑暝領主的力量日漸壯大，保護魔法遲早抵不住黑暝力量。她從露露公主的傳心術得知星光寶石碎片散落地球，而且只有星光寶石能對抗黑暝力量，於是派我來找尋那些碎片。」

「你是怎樣找到了藍晶碎片？」芯言好奇地問。

「我的冰雪防衛力量跟藍晶碎片產生共鳴，來到地球後很快便找到它，可是星之碎片需要寄存在純真少女的心才能發揮力量，於是我四處找尋合適的人選。」毛毛說，「我沒有選錯，跟維莉公主一樣聰穎的芝芝通過了友情的考驗，成為藍晶魔法少女。」

「那就是說，只要找到剩餘的星之碎片和星之魔法少女，把碎片力量結合起來，就能打敗黑暝領主，令魔幻國回復原貌。」柏宇把雙手繞在後腦，懶洋洋地說。

「說得真容易！」焱焱說，「黑暝力量越來越強大，連擁有完整星光寶石的露露公主也不是黑暝領主的對手，我實在懷疑單靠幾個連初級魔法程度也沒有的星之魔法少女如何能擊敗黑暝領主！」

焱焱一語中的，以實力來說，星之魔法少女跟魔法

公主絕對不可相提並論。

　　大家無言以對，心裏各有所想。未幾，芯言打破沉默：「既然星之碎片選中了我們，我相信我們一定有能力完成使命！」

　　「對啊！我們一定會成功的！」芝芝和應，其他精靈也點頭認同。

　　悲傷是會傳染的，而信心和樂觀的精神更具感染力。在芯言的鼓舞下，一班星之魔法少女和守護精靈對他們的使命抱着堅定的心，決定合力去創出奇跡。

　　走了一段路，大夥兒看到一座莊嚴雄偉的神殿，一條亮白的石階一直延伸向圓拱形的神殿。石階兩旁排列着燃點了火把的巨大石柱，盡顯非凡氣派。

　　「好宏偉的神殿！」柏宇揉揉眼睛，不敢相信眼前的景象。

　　在大長老的引領下，他們穿過長長的走廊，經過雕着典雅圖案的石牆，踏上螺旋形的梯級，走進位於頂層的大廳。大長老向着牆上的感應器揮動手杖，石牆一下子變成透明的玻璃幕牆。

　　「啊！石牆竟然可以變成透明！」柏宇撫摸着玻璃

幕牆,驚歎道。

「很神奇啊!」芯言和芝芝也嚇了一跳。

「是分子分解技術,即是把石頭內的物料轉化成玻璃。」希比説。

「神殿居高臨下,在這裏可以把波拉蘭國的景色一覽無遺。」熒熒説。

大長老指着窗外遠處的一座巍峨高山,憂心地説:「你們看!」

「大長老,你指的是鐵穆活火山上的煙霧?」希比煞有介事的問。

大長老歎了口氣,點頭説:「這幾天鐵穆活火山多次噴出奇怪的煙,實在不尋常。」

「這種事從來也未曾發生過的!」希比立即往外望,山峯上縈繞着久未散去的煙霧,周圍的景物還那麼朦朧,充滿了神秘感。

「鐵穆活火山內的火種是由魔幻之火燃點的,波拉蘭國保護罩的力量就是源自那裏的火種。如今發生異象,相信是魔幻森林出了大事,」大長老説,「我和其他長老商量過後,需要你和熒熒去調查一下原因。」

「我感覺到魔幻之火已經熄滅……」騰騰豎起長長的耳朵感應着，「莫非連芭亞公主的力量也耗盡了？」

熒熒展開翅膀：「魔幻之火是不可能熄滅的！」

「既然鐵穆活火山內的火種是由魔幻森林的火焰而來，那我們可以重燃魔幻之火嗎？」芝芝問。

「重燃魔幻之火？」希比訝異地重複。

「這……」騰騰皺着眉頭，陷入沉思。

「可以的！」大長老的手環突然在空中投映出一段古老的預言，他默默唸着：「當魔幻森林的火焰熄滅，大地將沒入黑暗。只要把鐵穆活火山的火種帶到魔幻森林，光明便會重臨。」

「如果能夠令森林王域回復原貌，多一分力量抵抗黑暝領主，那麼我們救到露露公主的機會就更大了！」騰騰説。

「可是我們怎樣才可取得鐵穆活火山的火種？」毛毛遠眺高聳入雲的鐵穆活火山問。

「難不到我吧！」熒熒洋洋自得的拍着翅膀，時空之門隨即打開，她翻身以高速穿越極光進入鐵穆活火山。

在火山內，一個又一個火泡在高溫下形成，岩漿就如血池一樣可以熔化所有東西，火鳳凰燊燊就是在這種地方誕生。她輕易地潛入熔岩底層，把火種注入身體。

眾人望向玻璃牆外的鐵穆活火山，看見火山口的裂縫之中射出一道耀眼的金光，金光包裹着熾熱的岩漿向空中衝去，灼熱的岩漿隨即化作點點流星。

不消一會，全身包裹着烈火的燊燊從極光飛回來，她那雙燃燒着熊熊火焰的眼睛彷彿可以燒毀一切，氣勢逼人。

「嘶！嘶！」一陣高亢的嘶叫劃破長空。

「好厲害啊！」看到煥然一新的燊燊，柏宇忍不住鼓掌。

燊燊拍着翼，緩緩合上眼睛，身體上的火焰漸漸減弱化為璀璨的紅光，她說：「鐵穆活火山的火種已經在我體內了！」

「希比，你們去吧！」大長老提醒說，「鐵穆活火山的火種是重燃魔幻之火的唯一希望，假如失敗，連同波拉蘭族都會有危險！」

「大長老，我們會小心的！」希比點頭。

「太好了！事不宜遲，我們出發去魔幻森林吧！」芯言說。

「不行。」毛毛搖頭說。

「為什麼呢？」柏宇問。

「若所有星之魔法少女貿然離開地球，黑暝秘域的使者便會趁機奪取餘下的星之碎片！」毛毛憂心地說。

「可是……」芯言猶豫着，卻找不到反駁的地方。

「毛毛說得也對，」芝芝與毛毛相視點頭，說，「我們要分散力量，留守在地球繼續找尋剩餘的星之碎片下落。」

「芯言、芝芝，那麼你們留下來找尋其他星之碎片；希比，我跟你去魔幻森林吧！」柏宇活動一下筋骨，興奮地說。

「好，畢竟柏宇也是『炎神之刃』是主人。」希比思量片刻，點頭說。

「等等。」大長老走向柏宇，從頭到腳打量他一番，「你就這樣去嗎？」

「大長老，你不必擔心，我也略懂得一些魔法。」柏宇伸出右手，祭出一個小火球來。

「相信現在的魔幻森林跟我去過的已經不再一樣，」大長老伸出手來，一個如乒乓球一樣大小的半透明圓球懸浮在他的掌心，「這個就送給你吧！」

「這是魔法嗎？」柏宇興奮地問。

「不，這是納米分子技術。」希比說。

大長老把半透明的球推向柏宇，圓球在撞向柏宇的胸膛那刻化成輕煙，一下子消失了。

「乒乓球到了哪裏去？」柏宇前後檢查着身體，卻看不見半透明的球。

「將來你或許會用得上！」大長老拍拍柏宇的肩膀笑說。

「好了，我們要起行了！」希比說。

「我會安排把其他人傳送回去的！」大長老說。

「好的，謝謝。」希比轉身問柏宇，「你準備好了嗎？」

「受過悲痛的教訓，這次我會使用風翼術，不會再被拋出的！」柏宇搓着屁股，心有餘悸地說。

「熒熒，開啟時空之門，我們向着魔幻森林出發！」希比說。

勇闖魔幻森林

「大長老啊，你說過鐵穆活火山內的火種是由魔幻森林的火焰而來，那究竟魔幻森林是一個怎樣的地方？你去過嗎？」

「魔幻森林嗎？希比，我記得小時候曾經跟隨我的父親大人，即是上一代的大長老到訪過。那裏簡直是世外桃源啊！魔幻森林內有不同的精靈，有各色珍奇的動植物，更有記載在百科典藏內的上古生物。」大長老頓一頓，臉上露出一副懷念的樣子，「令我印象最深刻的就是那些體形巨大、長有一對巨型美麗鹿角的梵爾蘭麋鹿。牠們的身高比三個我疊起來還要高，身上的鬃毛使牠們看來十分高貴，而牠們的叫聲配襯着森林裏其他雀鳥的歌聲，猶如天籟之音，動聽無比。」

「梵爾蘭麋鹿？牠們長得這麼高大，能夠看到地面嗎？牠們走路時會不會把我們踏扁？」

「梵爾蘭麋鹿是一種和善的素食動物，雖然牠們身體龐大，但個性非常純良，而且脾氣很好，不會傷害

其他生物的！」大長老說，「可惜這些麋鹿早在地球七千七百年前經已滅絕了，想不到部分麋鹿原來還移到魔幻森林呢！」

「大長老，我也很想見見梵爾蘭麋鹿呢！」

「呵呵，魔幻森林裏除了梵爾蘭麋鹿，我還遇見過長有四對翼膜翅膀的靈鳥、暗藍色皮膚上帶有黃白花紋的尖比克獸，還有神話傳說中的獨角獸……」

「獨角獸？」

「那是一種神秘的生物，牠的身體長着一雙翅膀，額前有一個螺旋角，象徵高貴、高傲和純潔，相傳獨角獸只會在履行重要使命時才出現。」大長老說。

「竟然有這麼奇妙的動物？我真的很想到魔幻森林走一趟啊！」小希比拉着大長老的手，調皮地說。

「傻孩子，」大長老輕撫小希比的頭，笑道，「魔幻森林在魔幻國當中就似是生命起始的地方，傳說森林中那點魔幻之火更是一切生命之源。如果將來你有機會去那裏，你也一定會像我一樣覺得不可思議，甚至會愛上在那個到處顯得暖洋洋、生氣勃勃的地方生活。」

「魔幻國……森林王域……魔幻森林……」

幻想中，一切都是美好的。大長老口中那些七彩斑斕的植物、各式各樣的奇異生物，還有那種隨風演奏的鳥兒樂曲……魔幻森林應該是生機盎然，並不是希比眼前這樣子。

「怎麼……怎麼會是這樣……」降落的一刻，希比完全反應不過來。

「喂，焱焱，這裏就是魔幻森林嗎？」神情緊張的柏宇雙手祭起火魔法，對剛踏足的陌生環境充滿戒心。

「這個地方沒有錯，可是……為什麼樹木都變成這樣……到底是什麼一回事呢？」焱焱望着眼前的一片瘡痍，地上破碎的木片、折斷的樹枝、枯萎的落葉，四周都是刺人的荊棘，就連草葉也像針一樣尖銳。這裏有着令人毛骨悚然的感覺，根本不像原來那童話般的魔幻森林。

柏宇在高高低低的泥地上走了兩步，忍不住用手掩着鼻子：「這裏一點都不似你口中的魔幻森林，你嗅到那種異樣氣味嗎？」

「是腐爛的氣味，」希比的不安不比柏宇少，因為眼前雲霧繚繞的森林就似被強行脫了色彩一樣，所有植

物都暗淡無光，不單統統變成灰褐色，更滲透出一陣難聞的腐爛氣味，教人生出一陣絕望的氣息。若不是熒熒確認眼前的地方就是魔幻森林，她也會誤會時空之門目的地座標出錯，教他們去了另一個不知名的地方。

「熒熒，進入作戰狀態！」寂寞的森林傳來鬼魅的蟲鳴，頭頂的樹葉沙沙作響，於是希比着熒熒變身為體積較細小，可以掛在手臂上的鳳凰連弩。

希比把連弩注滿紅晶魔法力量戒備，然後跟柏宇說：「這裏四周貫滿黑魔法的殘餘力量，很明顯，這裏曾經有過激烈的魔法對戰……」

「我猜到，更想到結果。」柏宇那雙劍眉皺得緊緊的，他沒有料到處境變得這麼差。之前誤打誤撞進入魔幻國，無論在魔法噴泉，抑或是魔法學校之役，四周圍的環境都不至於完全被黑魔法所吞噬。

此情此景，就算最聰明的芝芝不在，誰都猜到黑暝領主為了滅掉魔幻之火，應該發動過黑魔法大軍對魔幻森林作出傾力一擊，四處殘留的黑魔法氣息就是觸目驚心戰鬥過後的最佳證明。

「這次不是鬧着玩的，要是你害怕的話，我可以先

把你送回地球。」希比凝重地說。

「哼！別說笑了！」柏宇的擔心似乎被看穿，於是立即掃去臉上的陰霾。

化身成連弩的燊燊擔當嚮導的角色，指示二人向着魔幻森林的中心走去。

柏宇跟在希比身後，縱使心裏有點害怕，他也決不是那種會棄下戰友的人。話雖然這樣說，但走進了無生氣的魔幻森林裏頭，抬頭盡是奇形怪狀的大樹，乾枯的樹枝隨風搖曳，煞是可怕。

二人向着森林中心走去，扭曲的樹幹似不懷好意的向着二人招手，天空彷彿完全被啡灰的樹葉掩蓋，遠方不斷傳來尖銳的風聲，一種令人透不過氣的陰森感覺把他們團團包圍。

突然，希比和柏宇感到大地震動，獸蹄的響聲從不遠處湧過來，然後聽到劈啪撞擊折斷的聲音，巨大的樹木紛紛倒下來，騰起滾滾的煙塵。

「我感到黑魔法力量正向着我們衝過來！」柏宇的魔法潛能在火之沙漠鍛煉下，精神力量得到提升，所以對於魔法元素有着敏銳的觸覺。

「蹕蹕蹕蹕……」一個巨大的身影快速走向他們。

「是什麼魔獸?」柏宇驚呼。

一隻昂藏十呎,雙眼發出紅光的巨獸帶着仇視的目光衝向他們。

「不……不是魔獸,是梵爾蘭麋鹿!」希比驚訝地望着比她還要高幾倍的梵爾蘭麋鹿,牠一身啡黑順滑的短毛,粗壯有力的四肢,頭上長着一對像珊瑚一樣漂亮的尖角。

「快跑,牠要撞向我們!」柏宇轉身就逃。

「怎會這樣的?」希比站住腳,不敢置信的望着梵爾蘭麋鹿。

「吼!」滲出黑魔法氣息的梵爾蘭麋鹿突然發出震耳的吼聲,柏宇和希比也抵不住那高頻聲音,急忙用雙手掩着耳朵。

梵爾蘭麋鹿乘機後腿一蹬,一下子跳到半空。牠應該是世上最厲害的跳高和跳遠好手,一下子便來到二人上方,準備用那雙強而有力的前腿向二人壓下去。

「小心!」柏宇一手推開還未回過神來的希比,同時自己向着另一個方向翻滾。

「嘭！」地面剗出一個巨大坑洞，一隻身形龐大的梵爾蘭麋鹿站在坑內，圍繞着牠的強勁氣勢完全把二人懾住。

「不可能的……」梵爾蘭麋鹿只差一點點就把希比壓扁，牠的力量之大，速度之快是希比前所未見的。

「希比！小心啊！」柏宇大叫。

「大長老說過梵爾蘭麋鹿是一種溫馴的動物……」希比仍然不敢相信面前的景象。

黑芒佔據了梵爾蘭麋鹿的一雙眼，牠低下頭對着希比，似乎打算用頭上那雙大角攻擊她。

「希比！這隻麋鹿已經被魔化了！」希比臂上的熒熒發出熊熊烈火戒備，説：「我感覺到牠全身散發着黑魔法力量！」

「啵！」柏宇把火焰球一個接着一個射向梵爾蘭麋鹿，牠隨即把視線轉向發動攻擊的柏宇。

「這邊啊！」柏宇的火焰球完全沒有傷到梵爾蘭麋鹿，原來牠身上散出的黑芒似是保護網一樣，擋住了柏宇發出的火焰球。

梵爾蘭麋鹿一個旋勁衝向柏宇，柏宇快速躲避。他

在火之沙漠的艱苦鍛煉終於大派用場！雖然速度不及梵爾蘭麋鹿，但柏宇以敏捷的身手穿插在密林中，一時躲在大樹後，一時走進亂石中，看來要對付他也不是易事。

「紅晶星光力量！火鳳凰亂舞攻擊！」希比把握時機，她舉起鳳凰連弩，發出一連串鳳凰之箭。

一枝又一枝火鳳凰形象的高溫火焰箭射向梵爾蘭麋鹿，牠雙腿靈光地左閃右避，躲過了全部箭矢。

「擊不中？鳳凰之箭的力量怎麼變弱了？」希比發現紅晶力量不知何故悄悄被吸走。

「火鳳凰穿雲箭！」希比再接再厲，她跳起對準梵爾蘭麋鹿發射，可惜箭頭只是淺淺的擦過麋鹿身，而箭上的紅光很快便消褪了。

「一向無堅不摧的鳳凰之箭竟不能傷到巨型麋鹿半分！」柏宇驚呼。

「紅晶力量在這個森林內未能盡情發揮，」掛在希比臂上的燊燊亦察覺異樣，她説，「恐怕是因為這裏四周殘餘的黑魔法力量削弱了紅晶力量，令鳳凰之箭無法發揮出真正的實力！」

「讓我來吧！」柏宇祭出一條長長的火鞭，並在希

比的掩護下用盡氣力把火鞭揮向梵爾蘭麋鹿：「火龍鞭！」

火龍鞭穿破黑芒，狠狠地落在梵爾蘭麋鹿身上，令牠發出陣陣呻吟。

「看來我的魔法沒有被這個森林的黑魔法力量削弱！」柏宇得意地笑說，「是我表演的時間了！」

憤怒的梵爾蘭麋鹿提起前腿用力翻開泥土，瞬間整片森林塵土飛揚。

「我看不清啊！」希比用手臂擋住吹來的沙石，她根本看不清面前的景象。

「嘭！」梵爾蘭麋鹿在迷霧中把希比猛烈撞向大樹，希比應聲倒下。

柏宇還未來得及看清，梵爾蘭麋鹿已嗅到他的位置，準備向他進攻。

「嘭！」

「嘭！」

「嘭！」

梵爾蘭麋鹿把柏宇身旁的大樹一棵一棵的推倒，柏宇再也沒有躲藏的地方了。

「可惡！」

梵爾蘭麋鹿使勁地衝向柏宇，就在柏宇快要被那雙鹿角撞上的一刻，他身上綻出銀白色的光芒。

「咔！」他的胸前突然彈出一片銀白色護甲，正正擋住鹿角。護甲從柏宇胸腔開始往全身伸展，漾出銀白色的光芒。

「這是……」驚呆了的柏宇怔怔地望着身上漸漸呈現的全套戰衣。

這套銀白色的戰衣覆蓋了柏宇大部分身體，它的物料薄而輕，保護力卻很強。當穿着它的人遇上猛烈衝擊，戰衣便會自動套上。

「是……大長老送我的禮物？好神奇啊！」柏宇伸出雙手來，興奮地欣賞着他的新戰衣。

就在這時，一絲絲黑芒由森林四方八面湧到梵爾蘭麋鹿身上，牠啡紅色的毛髮一下子被一襲濃厚的黑芒包裹着，四肢明顯比剛才更強壯，頭上的角變成一枝枝鋒利的尖刺。牠繼續狠狠地踢腿，令四周沙石紛飛。柏宇想到一個方法避開沙塵：「風之翅膀，風翼術！」

柏宇使出風之魔法升到半空，避開飛揚的塵土。

「出來吧！生於盤古初開，從地心極炎之火提煉出來的『炎神之刃』！」柏宇使勁地在雙手灌注全力，他雙手合十，手掌朝相反方向轉動，在他右手食指上的魔法指環發出鮮紅色的光，一把火紅耀目的寶劍在魔法指環上伸出來，同時，炫目的光芒貫穿天際。

　　梵爾蘭麋鹿看到懸在半空的柏宇，於是用力一躍，頂着尖角向他刺去。

　　「嚓！」

　　炙熱的紅光一閃，在千鈞一髮之際，柏宇揮動「炎神之刃」，強勁的劍氣化作點點流光，把梵爾蘭麋鹿壓下去。

　　尖銳的嘶叫聲劃破森林，梵爾蘭麋鹿像珊瑚般的鹿角斷開兩截，被斬下的鹿角在半空中化為灰燼，而傷口就像被燒焦一樣湧出濃烈的黑芒，源源不絕。

　　「成功了！」受傷的希比忍着痛爬起來。

　　穿着一身銀白戰衣的柏宇緩緩降落，他走向希比，問：「你怎麼樣？」

　　「沒大礙，只是擦傷了少許！」希比擺擺手，她發現柏宇換上一套時尚的保護戰衣，「這身保護戰衣跟你

很合襯呢！」

「哈！大長老真知我心意！」柏宇還未說完，保護戰衣便自動收起來，他不解地抓抓頭，叫道，「這保護戰衣到底是怎樣控制的？」

希比舉起手臂，化身成弩的焱焱立即變回火鳳凰形態。她走近昏倒地上的梵爾蘭糜鹿，看着牠傷口冒出來的黑芒：「那是什麼來的？」

「是黑魔法力量！」焱焱說，「看來本性純良的梵爾蘭糜鹿吸收了森林的黑魔法力量，所以變成一頭可怕的魔獸。」

「那麼，把牠淨化便可以令牠回復原狀嗎？」柏宇問。

「整個森林充斥着黑魔法，淨化力量不能長久維持，唯一的方法是再次燃點魔幻之火，驅除黑暗力量。」焱焱答。

突然，陰暗天色落下毛毛細雨，雨點滴在柏宇的頭上。

「哎呀，很痛啊！」柏宇伸手摸一下，發現滴下來的雨水像腐液一樣灼傷皮膚。

「落下來的雨水似乎滲了黑魔法，我們快躲避一下！」希比指着不遠處的山洞說。

遇上神秘的白斗篷

雨越下越大，柏宇、希比和焱焱進入黑壓壓的山洞躲避。

焱焱燃起身體的火在半空中飛翔，把空曠的洞窟照亮，一大羣原本棲息在洞穴裏的蝠眼鼠被火光嚇得慌亂地往洞外逃，空中迴蕩着一片翅膀拍打的聲音。

由於柏宇剛才召喚了炎神之刃，精神和體力都消耗了不少，他只能目送成羣蝠眼鼠倉皇逃去。

希比拐着腳，找了一塊大石在上面緩緩臥下來，然後從腰間的袋子裏取出裝着拉曼粉蝶的玻璃瓶子來。

「希比，你哪裏受傷？」柏宇看到拉曼粉蝶在希比身上盤旋飛舞。

「剛才逃跑時被梵爾蘭麋鹿的角刺傷了腳踝，不礙事，只是有點痛。」希比指着淌着血的腳踝説。拉曼粉蝶優雅地拍着翅膀，在她的腳踝落下閃爍的星塵，破損的傷口漸漸復原。

「咦，傷口雖然癒合了，可是裏頭怎麼會呈現一片

瘀黑？」柏宇蹲下來，他凝重地望着那發黑的傷口。

「怎麼會……」熒熒也留意到希比腳踝的皮膚內呈現青黑色，而且慢慢往上伸延，轉眼已擴至小腿。

「好痛……」希比緊緊的按着腿，一絲絲麻痹的感覺從那傷口迅速蔓延開來。她的臉色越來越白，身體不停地抖震着。眼前的景象越來越模糊，只能依稀感覺到人影晃動。

「熒熒，她是中了毒嗎？」柏宇緊張地問。

「莫非……是梵爾蘭麋鹿角上的黑魔法力量入侵了希比的身體？」熒熒猜度着。

「那怎麼辦？」柏宇不知所措地圍着希比踱步，「有什麼治療魔法可以用嗎？啊！拉曼粉蝶！拉曼粉蝶！」

「拉曼粉蝶可以治療身體造成的創傷，可是不能驅除這種入侵魔法力量！」熒熒搖頭擔心地說，「希比雙腿都已變成青黑色，若找不到解決方法，她全身很快就會被黑魔法力量侵蝕。」

「事到如今，我們回去波拉蘭國找大長老救她吧！」柏宇說罷，伸手扶起希比。當他觸碰到希比身體

那一刻，一陣冰冷的溫度傳至，令他不自覺縮開了手。

「轟隆轟隆轟隆——」外邊突然傳來一陣陣巨響，吸引熒熒飛向山洞口往外看，她看到外面泛着紅光。

「是一大羣梵爾蘭麋鹿！」熒熒看到山洞外全是一雙雙兇悍的眼睛，牠們蠢蠢欲動，伺機待發。

「牠們一定是聽到剛才被擊倒那隻鹿的召喚而來！」柏宇跑上前，說，「我去擋住牠們，熒熒，你快帶希比回去波拉蘭國！」

「不，趕不及了⋯⋯」希比半合雙眼，氣若游絲的晃了晃，緊接着眼前一黑，身體慢慢隨着石頭的邊緣往下滑，然後臥倒在地上。

「希比！」柏宇和熒熒齊聲呼喊。

「可惡！我先來收拾你們！」柏宇用僅餘的精神力量喚出炎神之刃，他喘着氣衝向山洞口。

「敵眾我寡，而且你的精神力量和體力還未回復，不能承受⋯⋯」熒熒攔着柏宇說。

「你還有更好的提議嗎？」柏宇歇斯底里地叫喊。

柏宇的叫喊聲刺激到那羣梵爾蘭麋鹿，牠們躁動地踢腿嘶叫，似乎隨時準備攻擊。

面對數十隻強大的梵爾蘭麋鹿，柏宇雙手緊緊握着炎神之刃。他額頭冒着的汗不斷滑落，身體開始超出負荷，他心想：不可以認輸的，萬一被打敗，希比和熒熒都會有危險！

突然，其中一隻領頭的梵爾蘭麋鹿衝入山洞，其餘的都紛紛跟着衝向柏宇。

「嗨！」

一道刺眼的白光在山洞閃耀，一秒、兩秒、三秒，白光越來越強，柏宇不由自主地用手臂遮擋着眼睛。

那羣梵爾蘭麋鹿似乎不能抵擋強光，紛紛往森林逃去。

過了數分鐘，白光才慢慢減弱。在白光下，漸漸出現一個身影。

一個披着白色斗篷、戴着眼罩的男人就站在柏宇面前。

「你是……」體力快要到達極限的柏宇單膝跪倒地上，他大口大口的吸着氣。

是因為那白斗篷趕走羣鹿，救了他們嗎？還是因為對方渾身不帶着一點惡意……甚至隱隱然散發出一種令

人安詳平靜的氣息，教洞內傷疲的眾人有種舒泰的感覺？

柏宇不肯定。

至少連火鳳凰熒熒這等守護精靈，也完全嗅不出眼前披着白斗篷的男人帶着半分敵意。

更何況，如果那白斗篷要對付柏宇等人，以現時他們的狀態，根本毫無反抗之力。但再深思熟慮的話，白斗篷要是敵人，那他根本沒有趕走羣鹿的必要，來個黃雀在後不是更好嗎？

「嗯，幸好我早來一步，再過一刻鐘，你這個朋友就會變成像外面那羣魔化梵爾蘭麋鹿一樣，成為黑暝領主黑魔法下的傀儡。」一把沉厚的聲音響起，溫柔的語氣掩不住那凜然的氣勢。

白斗篷口中唸唸有詞，然後放在希比右腳腳踝傷口的右手釋出一陣溫暖的白光。白光似有生命般瞬間鑽入希比的皮膚中，再沿着希比小腿下的筋脈擴散，逐漸把原來已佔據希比身體的黑魔法力量驅逐……不！是吞沒。

「哎……」陷入昏厥的希比額上流着豆大的汗，在

白光輔助下，她的雙頰漸漸泛起淺紅的膚色。

與希比心意相通的熒熒最清楚，剛才命懸一線的希比生命力正一點一滴地加強。她不敢打擾那騎士，作為星之魔法少女的守護精靈，如果希比有任何不測，她也難辭其咎。

過了一會兒，山洞外的雨停止了，而洞內的白光亦完全融入希比身上，纏繞在她身體的黑魔法力量已化解得無影無蹤。

希比緩緩張開雙眼，她感到身體很溫暖，而面前的白斗篷給她一份安心的感覺。

「是你救了我嗎……」希比回過神來，向面前的白斗篷問道。

「現在你沒事了。」白斗篷站起來，問：「你們是從哪裏得來勇氣，竟敢闖進這個魔幻森林？」

希比和柏宇不約而同的望向對方，二人心裏盤算着應否向那白斗篷透露他們的任務。

柏宇考慮了一會，畢竟白斗篷剛剛才救了希比，理應不是敵人。而這白斗篷似乎擁有強大的力量，或可助他們一把。可是，在確定對方的身分前，他始終認為不

應把任務説穿，以免壞了大事，於是編了一個故事：
「我們聽説魔幻森林的中心位置有很珍貴的寶物，於是
決定來冒險。」

「為了尋寶而來魔幻森林冒險？」白斗篷聽到柏宇
的答案後偏一下頭，裝作不刻意的審視着柏宇和希比，
還有站在希比身旁那燃起火焰的燊燊，「這個森林很危
險，你們還是儘快離開吧！」

「不，我們一定要到魔幻森林的中心的！」希比激
動地説。

「單憑你們三個，就想闖進魔幻森林的中心？」白
斗篷冷冷地笑説。

「別以為你趕走了那羣麋鹿就很厲害！」燊燊不
滿地説，她飛在半空，把身上的火焰燃燒得更旺盛，
「哼！你只是還未領教過火鳳凰的威力！」

「啊！原來你不是普通的火鳥，是會説話的火鳳凰
精靈！」白斗篷揚起眉毛淺淺一笑，故意對燊燊擺出恭
敬的態度：「剛才冒犯了！」

燊燊對白斗篷的語氣似乎很受落，她神氣地反問白
斗篷：「那麼你又是為了什麼來這個森林的？」

「很巧合。」白斗篷頓了一頓，笑說，「我也是要到魔幻森林的中心，去找一個朋友！」

「真的嗎？你也要去魔幻森林的中心？」白斗篷的說話令希比和柏宇感到意外，如果大家結伴同行，成功燃點魔幻之火的機會便大大增加。

「那不如我們現在就一起出發吧！」希比差點忘記自己的腳傷，正要用力站立起來時，剛傷癒的腳便傳來一陣麻痛，使她痛得喊了出來：「哎！」

柏宇連忙收起炎神之刃，跑上前扶着希比，問：「你怎樣啊？」

「腳還是有點痛。」誰都看得出希比身體還是很虛弱。

此時，站在洞口觀察外面情況的白斗篷回頭跟希比說：「時候也不早了，在魔幻森林裏夜行很危險，受黑魔法污染的神獸在夜裏比日間更兇猛，況且你們也需要點時間恢復元氣，不如大家就在這山洞休息一晚，明天才出發吧。」

希比還在猶豫……

柏宇也覺得有理，搶着說：「他說的也不無道理

啊！我也不想成為那羣梵爾蘭麋鹿的點心。」他安慰希比道，「就好好休息一晚吧，抖擻精神再出發，才不會成為同伴的負累。」

「你説誰是負累啊！」燊燊不忿柏宇似暗諷她的主人。

「燊燊，不要……」希比示意燊燊閉嘴，她知道柏宇的好意，也知道自己有重要任務在身。她躺在山洞一角，轉身閉上雙眼：「謝謝你，現在的確不是逞強的時候。」

柏宇見希比願意聽自己的話乖乖去睡，也放下心頭大石。他從魔法指環再次拔出炎神之刃，走向山洞洞口。

白斗篷問他：「你想做什麼？」

柏宇説：「雖然那羣梵爾蘭麋鹿走了，但不知道還會有什麼魔獸敵人跑來，好歹也要有人守在洞口看哨啊。」

白斗篷聽後身體微微一抖，然後他跟柏宇説：「去睡吧小子，我看你之前使出魔法已耗用了不少體力。而且，你手中的是傳説中的炎神之刃吧？要駕馭這把上古

神器就必須有大量精神元氣，不好好休息，説不好你就成為自己口中的負累啊。」

柏宇還想強辯，但事實柏宇早已累得眼皮也快掉下，他問：「為什麼你會知道這就是炎神之刃？」

白斗篷攤攤手説：「魔幻國裏的事，沒有我不知道的。」

柏宇望着白斗篷看似隨便擺的姿勢，不禁怔了一怔。他突然記掛起一個人，一個出遊很久，終日神龍見首不見尾的人……

「大叔，為什麼你要戴上這奇怪的眼罩？」柏宇試探着白斗篷。

「什麼奇怪的眼罩！這是魔幻國上等的魔法眼罩，我很難才買到的！」白斗篷不滿地説。

「你到底是……」柏宇正想追問，卻被白斗篷打斷。

「現在還未是時侯……」白斗篷走向洞口，白色的斗篷在有力的步伐中飄揚，他怔怔地望着漸暗的森林。

柏宇望着他的背影，始終覺得自己曾經在哪裏遇過這個男人。

「睡吧，守衛山洞這等小事用不着爭着做。」白斗篷展開雙臂，他的雙手發出一陣白光，然後掌心徐徐升起一個魔法陣。白斗篷唸唸有詞雙手向前一推，魔法陣便如箭般疾衝向洞口，再瞬間變大，像一個蜘蛛網般牢牢地把洞口封住。

　　同時間，柏宇覺得與洞外的世界隔絕開來，就連原本颳着的風聲也消音了。他知道一切都是白斗篷剛才施展魔法的威力，而白斗篷那種不費吹灰之力就製造出結界的能力着實令柏宇看傻了眼，他對神秘的白斗篷頓時生出一種可以倚賴的感覺。

　　「究竟他是什麼人呢？」想着想着，柏宇終於敵不過睡魔的徵召，倒頭睡去。

　　而一直在洞口盤膝而坐的白斗篷，眼罩下的一雙眼其實沒有離開過柏宇。柏宇察覺不到，那清澈又深邃的眼神，暗帶着一絲憂心的複雜情緒。

　　「這孩子，始終要走上命運之路。」

黑色大瀑布

　　一道晨光從外面射進山洞裏，柏宇張開眼睛，他看到一雙透徹明亮的雙眸，原來白斗篷正靜靜地端詳着他。

　　「睡夠了嗎？」白斗篷掀起嘴角問。

　　「原來已經天亮了！」柏宇伸伸懶腰，他的體力已經回復多了，他見燊燊和希比已經整裝待發。

　　「大家準備好的話，我們便出發了！」希比說，「燊燊，開啟時空之門，直接去森林的中央吧！」

　　「好！」燊燊射出火焰打開時空之門，一個迷幻顏色的圓形瞬間凌空呈現，但是當燊燊想穿過去時，卻發現它被無形的力量擋住，不能進入。「為什麼會這樣的？我不能進入魔法傳送門！」

　　「讓我來試試！」柏宇嘗試伸手穿過魔法傳送門，卻發現那迷幻的光像一塊屏障，不能穿過去。

　　「為什麼會這樣的？」燊燊不解地問。

　　「森林中央已被人布下強大的黑暝結界，」白斗篷

摸摸下巴，說，「一般的魔法不能夠在魔幻森林使用，
你們能夠來到這裏已經非常厲害。即使是我，也要花兩
倍的精神力量才能夠使用同樣的魔法。」

　　「那我們要怎樣才可以到達森
林的中心？」希比問。

「我們就直接越過森林去吧！」白斗篷蹲在地上，拈起一撮泥土說。

「可是外面有這麼多被注入黑魔法的魔獸！」熒熒緊張地說，「還有毒藤蔓和食人昆蟲，徒步走去會很危險！」

白斗篷隨手拾起一枝樹枝，然後在泥地畫出一個複雜的魔法陣。他五指一伸，高呼：「卡舞作達呼！」

魔法陣上的圖案閃出白光，然後整個魔法陣緩緩升起，一張圓形的魔法陣魔氈頓時懸在半空。

「這張流線設計的魔法陣魔氈是我的新座駕，它飛行的速度在魔幻國首屈一指，讓我載你們一程吧！」白斗篷揚揚眉毛炫耀說。

「魔法陣造成的魔氈？」柏宇吃驚地說。

「對，有了它就可以避開魔獸和毒藤蔓的襲擊，來吧！」白斗篷說罷，就坐上魔氈去，柏宇、希比和熒熒也跟着跳上去。

「出發啦！」白斗篷一揮手，山洞口的結界立即消失得無影無蹤。魔氈飛出山洞，像跑車一樣全速前進，又輕又薄的魔氈飛在天上卻是想不到的平穩。

山洞外，昨天的迷霧和沙塵已經消褪，森林少了一份可怕的感覺。魔氈一直向前飛，越過臭氣沖天的沼澤，穿過陰森鬼魅的毒藤園。樹上的動物見到魔氈高速前進，全都紛紛避開。突然一朵比眾人身體還要大的食人花張大嘴巴撲向他們，說時遲那時快，魔氈已向左傾，輕而易舉的避過食人花的尖齒。

　　魔氈似乎有一個無形的保護罩，一些嘗試向他們攻擊的魔獸和魔法植物都未能成功。

　　「柏宇，你看那些……」坐在前座的白斗篷回望柏宇，打算向他介紹魔幻森林內的植物，卻被他的舉動嚇着。

　　柏宇正埋着首，入迷地在半空中揮動手指，完全聽不到白斗篷的說話。他依着白斗篷剛才的方法，畫出一個小小魔法陣，還唸出魔法口訣：「卡舞作達呼！」

　　一下子，一個微型的魔氈出現在柏宇面前，他興奮地把玩着這個新玩具。

　　「只是看我畫一次就能把這種高階魔法陣做出來，這孩子的魔法天分真的比我還要高！」白斗篷暗暗地說。

轉眼之間，魔氈停在一個大瀑布前，浩瀚的水聲嘩啦嘩啦的氣勢逼人，那磅礡的大瀑布急速瀉下來的水如墨水般漆黑。

　　「我感到瀑布下有一股巨大的黑暝力量。」焱焱説。

　　「這墨黑瀑布好像放大了的黑朱古力噴泉一樣，太壯觀了！」柏宇瞪大雙眼望着這巨型瀑布，心想：要是掉下去，一定水洗不清了！

　　「各位，我們要降落了，魔幻森林的中心就在這大瀑布裏面！」白斗篷大聲説。

　　「什麼？我們要進入這個大瀑布裏頭？」柏宇和希比不敢相信，異口同聲地呼喊。

　　白斗篷揚起眉，點點頭。

　　「沒其他入口嗎？」柏宇俯瞰着黑壓壓的瀑布，瀑布下的深潭翻捲着一個深不見底的旋渦，他的雙腿不由自主的發軟，只好不斷調整呼吸來平伏激烈跳動的心臟，以便儘快冷靜下來。

　　白斗篷搖搖頭。

　　希比早已下定決心燃點魔幻之火，意志堅定的她無

懼任何挑戰。她望向渾身發抖的焱焱，知道火鳳凰的天敵就是水的元素，焱焱一定是擔心眼前的大瀑布內可能會有危險。希比伸出右手，向着焱焱溫聲笑說：「焱焱，你快變身成鳳凰連弩，我會安全的帶你進入瀑布去。」

於是，焱焱幻化為希比右手手臂上的鳳凰連弩。然後，希比跟白斗篷說：「我們準備好，可以隨時進入瀑布了。」

「你呢？」白斗篷問柏宇。

柏宇頓了頓，心底佩服着毫無畏懼的希比。柏宇不想輸給她，暗自對自己說：「這個時候絕對不可退縮的，下面只不過是一個黑色的大泳池而已。」

「要是你怕的話……」白斗篷再次擺出攤手的姿勢。

「我怎會怕！」

「真的沒問題？」

「沒問題！」柏宇拍一拍胸口，同時誤打誤撞開啟了大長老送贈的納米戰甲，換上銀白戰衣的柏宇變得格外英氣非凡。

「呵呵，是波拉蘭族的納米分子技術。你這孩子福緣也挺深厚，連波拉蘭族大長老研發的得意戰衣也取到手。」白斗篷笑道。

「很厲害的嗎？」柏宇立即查看着自己一身的戰甲。

希比搶先答道：「這戰衣不僅擁有很強的物理防禦，對於魔法的抗性同樣強大。大長老花了很長時間才研發成功的，在波拉蘭族也不是每位戰士可得到大長老垂青，我早說過你是超級幸運兒啊！」

突然，希比好像想到什麼似的問白斗篷：「原來你也認識我族的大長老嗎？」

「過去我曾到過波拉蘭國，與你口中的大長老有一面之緣，當時他已經是一位頂尖的科學家，」白斗篷說，「話說回來，波拉蘭國的天氣很怡人，環境優美，或者將來有機會再拜會你的大長老，到時我也要向他要一副納米戰甲。」

「如果你能幫助我們走到魔幻森林中心，我想大長老一定願意送你一副戰甲作為答謝禮物。」希比轉身望着身後的大瀑布，擺出一副準備就緒的姿態，「是這樣

跳下去就成了嗎？」

「沒錯，要突破眼前的大瀑布，需要的是勇氣。這是一場克服恐懼的勇氣考驗！」白斗篷合起雙指，口中再次唸唸有辭，然後指尖釋出兩點白光，擴散至希比和柏宇臉上。

白光延伸之處，希比和柏宇反而覺得呼吸不了，感覺怪難受。

「你的嘴⋯⋯」柏宇看到希比的鼻子一下子消失了，而嘴巴變得又長又寬，怪模怪樣的。他正想大笑出來，卻見希比指着自己笑得合不攏嘴。

「是魔法變換術，我替你倆施了魔法，方便你們在水中呼吸。穿過瀑布便會回復原貌，我在瀑布下等你們吧！」

白斗篷率先跳下大瀑布，他的身體很快便消失於黑壓壓的水中。

希比拍一拍手腕上的熒熒，閉上眼緊隨其後跳下去。

最後，柏宇嚥下口水，希望那墨汁一樣的瀑布不會把身上那套全新戰衣染污，然後從魔氈用力往下一躍。

「哇呀！」

「噗！」三人瞬間淹沒入大瀑布當中，而半空中的
魔法陣魔氈亦漸漸消散。

突襲！影子魔法

在跳進烏卒卒的大瀑布那一刻，眼前漆黑一片，一陣冰寒的感覺傳至全身，迎接着各人的是一片荒涼之境。

「嘩呀！怎麼還未着地？」在半空下墜好一段時間的柏宇被一股強大的離心力弄得頭昏腦漲，他快忍不住要吐了。

「嘭！」終於，柏宇落在一層軟綿綿，喏喱狀的東西上。他感到全身疼痛，困難地支起身體，茫然地四處張望，終於看到希比就躺在另一邊。

「喂！希比！」柏宇爬起來，跌跌撞撞的走向希比。

「你們沒事吧？」白斗篷説，「呵呵，原來瀑布真的很深，幸好我早一步鋪了這張魔法喏喱墊！」

希比晃晃腦袋，緩緩地爬起來，她從魔法喏喱墊上環望四周，發現正處身一片廣闊的平原。地上除了藍黑色的草外就沒有其他植物，灰濛濛的天空了無生機，周遭蕩漾着悶焗的空氣，使這裏充斥着一片死寂：「我們

已經來到魔幻森林的中心嗎？」

「還有一段路！」白斗篷聳聳肩膊，伸手指向前方，「不過……看來出現了一些障礙……」

柏宇和希比立即往白斗篷的指尖方向望去，他們看到地上漸漸出現了一道裂縫，一陣寒冷的氣息從這道裂縫中滲透出來，轉眼便瀰漫整個地面。

「是什麼來的？」希比舉起手臂戒備着。

一堆黑壓壓的東西從地面探出頭來，似是向着他們慢慢地蠕動，讓人不寒而慄。

「那些是魔獸嗎？我可看不到牠們的五官！」柏宇用力揉着眼睛，他實在看不清楚那一堆黑影到底是什麼。

「那是迎接我們的招待員！」白斗篷嘴角往上一掀，譏笑說，「對方一定是把我們當作貴賓了！」

黑影像海浪一樣高低起伏，朦朦朧朧的輪廓開始膨脹，發出咕嚕的怪聲向着他們推進。

「莫非黑暝領主已洞悉我們的目的，特意派魔獸來對付我們？」希比一邊對柏宇說，一邊着化作連弩的熒熒轉換成攻擊威力更強大的鳳凰之弓。

「哦，黑暝領主要對付你們？你們不是來尋寶的

嗎？」白斗篷聽到他們的對話，不禁歪着頭，問：「到底你們來魔幻森林的目的是什麼呢？」

「我們……」希比吞吞吐吐的説，同時跟柏宇打了個照面。

柏宇輕輕搖頭，他還是怕説漏了嘴壞了大事，於是對白斗篷糊弄地説：「遲些再説吧，先專心對付這些噁心的東西好嗎？」

「不行啊！」白斗篷收起笑容，突然變得很冷漠，説，「你們不把事情的始末告訴我，我是不會沒頭沒腦地幫你們的！」

「事關重大，暫時還不可以説出來，我們稍後再跟你交代吧！」希比請求説。

「要是事關重大的話，更不應對我隱瞞！」白斗篷喝斥着，「你們只有三腳貓的功夫竟敢亂來？」

「你不出手，我自己也可以應付這些魔物！」柏宇不甘被看扁，他雙手祭出大火球。

「呵！那我要認真欣賞你的表演了！」白斗篷彈一下手指，隨便變出一包零食，坐到一旁吃着説。

「叔叔，拜託了，我們還是先消滅面前的黑暗力

量……」希比急着説。

「誰要靠他！」柏宇鬥氣的説。

「牠們依附在地上，等我用土魔法來對付牠們吧！」柏宇結出手印，對着已經衝到面前的黑影大喊一聲：「大地之利刃——破！」

地面長出一排排由泥土造成的利刀，一下子把黑影破開，怎料黑影一分為二繼續往外擴散。

「柏宇，黑影的數量多了一倍！」希比緊張地説。

「土魔法不能對付他們，那試試用水吧，」柏宇説罷，手中的魔法指環射出一條條暗帶螺旋絞力的冰柱打在黑影上，「冰柱攻擊！」

黑影立即霧化，柏宇和希比還未來得及高興，只見霧化了的黑影瞬間融入土地裏，整片土地逐漸變成黑色，而變黑的部分正慢慢向着柏宇他們伸展，就好像有生命力一樣，迅速地爬到希比跟前。

「哇！這是什麼來的？」一個黑色的身影從地底一躍而出，突然伸出一隻像枯木一般的爪子，把希比的小腿捉緊，攀着她的腳往上爬。希比頓時動彈不得，只能顫抖地掙扎着。

「是影子！數量實在太多了！」柏宇拔出炎神之刃，一手把影子狠狠斬下，可是被斬的影子竟一眨眼又一分為二，然後再度活躍起來。

　　「消滅不到牠們呢！」希比提起鳳凰之弓，連環射出五枝鳳凰之箭，可是紅晶力量

被周邊的黑魔法力量大大削弱。中箭的黑影消失了，但仍然有來自四方八面的黑影抓住希比雙腳，令她不能走動。

奇怪的事發生了，希比雙手竟不由自主地在半空猛然亂晃，就像完全失控一樣。

「為什麼我的手腳會不受控地活動啊？」素來戰鬥經驗豐富的希比此刻也感到慌亂，她想掙扎卻不能，任由雙手像扯線公仔一樣不由自主地揮動，她只好大聲向柏宇呼叫。

「希比！」柏宇一邊向着黑影攻擊，一邊避開越來越多的影子。

「柏宇！我的雙手被黑影控制着！」希比説。

「要怎麼辦好？」柏宇的腦袋被壓住一樣，完全無計可施。

「你胡亂使用魔法，精神力量會消耗得很快！」一直冷眼旁觀的白斗篷忍不住説。

柏宇的雙手和額頭都滲出汗珠，他喘着氣問：「那麼到底要怎樣才能消滅這些可惡的東西？」

白斗篷説：「只是很簡單的道理，光影共生，相生

但亦相剋制，所以影子要光才能存活。同樣道理，要消滅影子，就只有用光……」

柏宇不等白斗篷說完便搶着道：「光……我知道了！用我最厲害的火魔法發出的火球燃燒起來，就可以生出光啦！」

柏宇一想就做，白斗篷還未及回應，他便把精神力量全灌注在雙手，傾盡渾身力量祭出一個又一個高溫火球，向着四方八面的黑影發起連串強勁的攻擊。

誰料那些黑影似有頑強的魔法免疫力，令柏宇的火球完全起不到作用。詭異的事發生了，那些帶着高溫的灼熱火球擊在黑影上，竟然沒有消滅黑影，而是令牠們分裂再分裂。

「啊！怎會這樣的……」霎時間，眼前的黑影以倍數遞增，柏宇感到心慌，開始亂起陣腳。

「你又說火光可以對付黑影？」柏宇不耐煩地責怪白斗篷，不斷催動火魔法的他，整張臉被火光映成橘紅色。

「你的魔法不是很棒的嗎？」白斗篷晦氣地向柏宇瞄了一眼，完全沒有插手的意圖。

柏宇真的一籌莫展，他的火魔法不單沒法消滅敵人，還令情況變得更惡劣！牠們把柏宇團團圍住，把他擠壓得連結起火魔法也不可能，更遑論向希比伸出援手。

　　「啊……」柏宇越是掙扎，黑影擠壓的力量就越大，使他快要連氣也喘不上，甚至感覺到自己的四肢不受控地扭曲擺動。

　　「你一點都沒有成長，做事總是這樣急性子，究竟什麼時候才能學會冷靜？」白斗篷語氣帶點生氣，他用手指指着那些黑影說，「你還不知道自己犯了什麼錯嗎？」

　　柏宇有點不解，在這樣危急的關頭，白斗篷竟不先救他，還在嘮嘮叨叨的說教。柏宇急道：「有什麼一會兒才說吧！你……你先想法子救我們啊！」

　　白斗篷一點也不着急，他攤出的雙手發出一陣白光，而白光漸漸在他手上結為奪目的光球，他道：「魔法知識領域當中，最基本的道理就是魔法元素當中相互影響的法則。火固然會生出光，但火始終是火，火焰周邊生出的光不夠完整，沒有足夠抗衡甚或消滅黑魔法的

力量。你胡亂攻擊，只會給影子有機可乘，藉吞噬你的魔法力量以壯大！我說只可以用『光』，不是指火生出的光，而是魔法元素中最純正的『光』，由光魔法產生的神聖光之力量！」

「嗚⋯⋯光⋯⋯光之力量？」柏宇四肢被揮舞得很痛，他忍不住吐槽說：「我就是不懂得光魔法啊⋯⋯」

白斗篷驚愕，問：「原來你還不懂得運用光魔法？」他搔搔腦袋，自言自語，「不可能的，不是經已學過了嗎？難道我記錯了？」

「我！就！是！不！懂！得！」

「聽好！風、火、水、土、光和暗的魔法元素中，光與暗魔法是最難掌握的相剋魔法。除了潛藏身體的屬性外，還需要一定程度的魔法天資才可駕馭。光魔法可用作攻擊、治療、轉移，跟暗魔法相剋。可是，盲目依靠魔法道具永遠也無法達到魔法的最高境界！」

白斗篷還未說完，不遠處就傳來希比的叫喊：「啊！」

原來是那些抓着她雙腳的黑影左右出力拉扯，希比痛得大叫，但無奈那些黑影彷彿知道希比手腕上的弓最

厲害，於是牢牢地把她的弓纏上，令化身為弓的熒熒不能以火鳳凰姿態向希比伸出援手。

「大叔……我知錯啦……快……快救希比！」柏宇為着同伴，終於也要向白斗篷求救，「好了，我告訴你吧！我們的目的是去重燃魔幻之火！」

聽着生性倔強的柏宇求救，白斗篷渾身微微一抖，然後只見他深深地吸了一口氣，身體奇異地緩緩升上半空，發光的雙掌緊緊靠攏在一起。口中唸唸有詞的他一時間全身散發着一種溫暖又神聖的光，而這種光不斷擴散，照亮了四周。

面對襲來的刺眼光芒，影子們似感受到極大的威脅和恐懼，牠們紛紛向着森林的深處急竄，而纏着希比、柏宇的影子已顧不得收拾兩人，慌忙鬆開他們逃走。

剛脫離險地的希比從沒見過這麼厲害的光魔法，至於一直醉心於魔法知識的柏宇，已被白斗篷的一舉一動吸引着。他牢牢地盯着眼前的白斗篷，心想：隨便一招就已這麼厲害，接下來將會怎樣？他很好奇。

事實證明，白斗篷的確令柏宇上了寶貴的一課！

「以神聖之名，召喚朗基努斯光之槍！」只見白斗

篷伸出雙拳，然後向外伸展，分開的雙拳神奇地拉出一把紅色長槍。長槍上刻着的咒文發出奪目光芒，而它的末端岔開成兩枝尖峯，氣勢逼人。

白斗篷暴喝一聲把長槍以破空之勢投出，向着正逃竄的影子羣飛去。

「太……太厲害了！」柏宇瞪眼望着白斗篷，相較自己的攻擊魔法，眼前的光魔法實在不知強大多少倍。在驚歎的同時，就連柏宇也不自知，他雙掌竟隱約泛起一陣閃爍不定的光。

白斗篷射出的「朗基努斯光之槍」，勢如破竹的追擊着一眾黑魔法影子。不論是擦身而過或直接穿破的，都被它散發出來的光魔法力量一一消滅。

但這光之槍似乎還沒有停下來，因為它已鎖定目標！

「啵！」擊中了！一個逃竄得最遠的黑影被光之槍以光速刺穿，牠沒有像其他黑影般立即消散，反而逐漸幻化成人影跪倒在地上，最後才一動也不動地化為一灘黑色的污物。

「是黑魔術士！」已化身為火鳳凰的熒熒叫出來。

「影子羣都是他用黑魔法弄出來的！」希比走近柏宇身邊察看他的傷勢，同時驚訝柏宇雙手閃爍着不尋常的光，「柏宇，你的手……」

　　「走吧！『朗基努斯光之槍』正引領我們前往魔幻森林中央，快跟着它吧！」剛滅掉影子羣的光之槍在白斗篷控制下，像一枝導航器向着漆黑一片的森林中央飛去。

　　經歷剛才交戰，原本輕鬆自若的白斗篷頓時凝重起來，他反客為主向柏宇他們發號施令，要他們緊緊跟隨。他嚷着：「你們這幾個不知天高地厚的小子可要有心理準備，更可怕的東西正在前面迎接大家呢！」

　　柏宇、希比和燊燊知道自己已沒有選擇的餘地，因為他們的任務終站就是森林中央。他們沒有忘記此行目的，就是要重燃魔幻之火。而憑着「朗基努斯光之槍」發出的光，各人終於隱約看到目的地——

　　但接下來迎接他們的，竟然是意想不到的……

　　最大敵人！

燃點魔幻之火

「朗基努斯光之槍」斜插在一棵姿態奇異的巨大老樹前。

老樹彎曲而縱橫交錯的樹枝像一個晃在半空中的迷宮，外露在泥土上那糾纏的樹根和凌亂的樹枝都附着暗黑的苔蘚，老樹的表面更滲出一股強烈的黑魔法氣息。

「魔幻之火真的熄滅了！」熒熒飛到老樹前大叫。

「這棵樹就是魔幻森林的中心點嗎？」柏宇吃驚地抬頭望着巨大的老樹。

「對，魔幻之火象徵魔幻國的生命力，亦代表着森林王域的魔法力量，而魔幻之火就是放在這棵森林之樹的樹心！」熒熒指着老樹中間一個被刮開了的樹洞，她激動地說：「你們看！森林之樹裏頭的火已經熄滅了，而且滿布黑魔法力量。從魔幻森林的戰鬥痕跡來看，想必芭亞公主和森林王域的戰士都敗陣了！」

「難道芭亞公主也被黑暝領主擄走了嗎？」希比追問。

「我不知道，但我完全感應不到芭亞公主的力量。」焱焱眉頭緊皺，難掩擔憂的心情。

白斗篷走到森林之樹前把光之槍拔起，他沉着臉一聲不響地站在一旁，似乎在想着什麼。

「奇怪……森林之樹怎可能沒有魔獸守衛？」希比細心打量四周，喃喃地説。

「管他的！趁着其他魔獸還未趕到，我們快些完成任務吧！」柏宇心急地道，「只要把火種在樹心燃點，就可以令魔幻森林回復原狀嗎？」

「對啊！」焱焱急不及待飛近森林之樹，可是緊貼着樹身的黑魔法結界令她無法觸碰老樹。

「看來這個黑魔法結界比任何守衛的防護更森嚴！」柏宇踏着濕滑的泥濘，繞着大樹走了一圈。他發現結界並沒有破口，於是向着樹身的不同位置連環射出多個高温火焰球，可是結界依舊絲毫無損，「難怪不需要派遣魔獸戒備！」

「讓我用鳳凰之箭打開這結界吧！」希比伸出手，焱焱立即飛向她。鳳凰的翅膀瞬間往外伸延，成為一把巨大的弓。

「咻!」火紅色的鳳凰之箭刹時沒入黑魔法結界。

「什麼?射不穿?」希比訝異地說,「這個結界擁有很強的防禦力量,它將我的力量完全吸收進去!」

柏宇和希比輪流向着結界發動各種攻擊魔法,可是同樣徒勞無功。

「大叔,你來吧!」柏宇喘着氣對一直袖手旁觀的白斗篷說。

被柏宇呼叫下,白斗篷立即回過神來。他聳聳肩,不慍不火地道:「這是你可以做到的事情,不用我來幫忙!」

「我已經把懂得的魔法都用上了!」漲紅了臉的柏宇握緊拳頭,生氣地說:「這絕對不是普通的結界。」

「這麼快你便認輸了嗎?」白斗篷抓抓下巴訕笑說。

「別賣關子了,你就給我一點提示吧!」柏宇覺得白斗篷故意刁難他,不悅地道。

「哈哈,既然你虛心請教,好吧!」白斗篷頓一頓,他伸出寬大的手掌,一個混着黑芒和白光的圓球從掌心透出來。圓球內的兩種顏色不斷流轉,形成美麗的

圖案，「相信你已經知道不同性質的魔法元素互相制衡，特別是光系和暗系魔法。光暗本是一體，如影隨形，而象徵吞噬的暗系魔法與代表聖潔的光系魔法特別倚重強大的精神力量來控制。」

「森林之樹的結界是由黑魔法煉成，那即是跟剛才對付黑影魔法如出一轍，要用光魔法才能打破結界！」柏宇雙眼忽然亮起來，不過不消一刻便垂下頭歎出一口氣，「可是我還未掌握光魔法！」

「每個人體內與生俱來都擁有各種元素，只是多與少之分。雖然你的魔法級別不高，但是你不是擁有魔法指環嗎？」白斗篷指着柏宇手上的白色指環，「它可以幫助你更容易釋出潛在體內的各種元素魔法力量！」

「怎麼你連這個也知道？」柏宇握着手上的魔法指環，疑惑地望着白斗篷。

「魔法的力量遠遠超過你的想像，不同屬性的魔法師駕馭不同魔法元素，而較高級別的魔法師則能把不同魔法元素互相配合使用，魔法道具亦同樣可以，」白斗篷加重語氣地說，「魔法力量的關鍵是意志力，集中精神把元素力量聚攏。當精神力強大到一定程度的時候，

你便能夠使用威力極為強大的魔法！」

「你的意思……莫非我可以運用精神力量，把體內全部的光元素注入火系的炎神之刃，讓它擁有混合的魔法元素來打破結界？」

白斗篷沒有正面回話，但他的嘴角正欣慰地微微向上揚。

「我明白了！」柏宇回復信心走到森林之樹前，他轉身向希比相視點頭，「希比，準備好了嗎？」

「還用説？」希比知道這是不可錯失的唯一機會，她提起弓穩住呼吸，把凝聚着紅晶魔法力量的箭頭瞄準樹心用力往後拉，鳳凰之箭蓄勢待發。

「出來吧！生於盤古初開，從地心之火提煉出來的『炎神之刃』！」柏宇從魔法指環抽出一把火紅耀目的寶劍來，炫目的光芒貫穿天際，「魔法指環，請助我注入光之魔法！」

柏宇集中精神把全身的元氣貫注到炎神之刃，他一起手，勢如破竹的劈向黑魔法結界。

「鏗！」白斗篷暗地裏向結界彈指，同一時間送出一道鋒利無比的白光斬。

森林之樹的結界竟出現一道微細的裂痕，柏宇趁機提升魔法力量狠狠地壓下去，結界隨即露出了一個針洞一樣小的破縫。他提示希比：「是時候了！去吧！」

　　「紅晶星光力量，魔幻之火鳳凰箭！」希比把手指輕輕放開，帶着魔幻之火火種的鳳凰之箭幻化成一束長着美麗翅膀的火箭，以帶着強烈螺旋勁的極速飛向結界破口。火光在萬分之一秒間鑽入柏宇創造的細小縫隙間，突入黑暗結界裏頭。

　　「颯！」隨着鳳凰之箭消失在眾人眼底，結界缺口亦不到半秒便自動癒合，剛才柏宇狠狠斬下的裂痕竟一瞬間變得完好無缺。

　　「怎麼了？是失敗了嗎？」柏宇一怔，眼前的森林之樹仍舊散發着黑暗氣息，似乎沒有什麼異樣。

　　「不可能，」希比雖然帶着傷疲之軀，但盯着森林之樹的眼神仍舊無比堅定，她緊握着拳頭，肯定而自信地說：「這枝注入了魔幻之火的鳳凰之箭絕對不會射失的！」

　　空氣凝結，耳鳴聲響起，大地沉靜下來，柏宇和希比屏着氣不敢妄動。

「喳！」

結界發出劈里劈里的龜裂聲，然後開始崩潰，終於一道又一道炫目的光在裂紋中穿透出來。漸漸地，黑色結界再也包裹不住裏頭的力量。

希比笑了，這是她進入魔幻森林後第一次展露的笑容。

「真有你的！結界……結界要爆破了！」柏宇擋在希比身前，利用魔法指環使出土系魔法防護陣，一塊堅硬的土盾牌從地面升起保護二人。

白斗篷就在土盾牌前再畫出一個一個晶瑩閃耀的半月形光球，以抵住準備爆破的黑魔法結界。

劇烈的爆破聲伴隨黑芒迸裂四散，疾風將周邊一切吹翻，落葉、斷木、毒藤、碎石、沙泥一一被吹開到萬丈遠。

火紅的光在森林之樹的樹洞透出來，是火鳳凰燊燊！燃燒着熊熊烈火的她圍着森林之樹飛翔盤旋，火焰像一條鮮紅色的絲帶環抱着的大樹，細碎的火花輕輕灑落，熔掉樹身的苔蘚。

奇怪的事發生了，眼前瀕臨枯死的森林之樹漸漸出

現變化，枯乾扭曲的黑色樹幹緩緩地擺動，瘦弱的樹枝似在蛻皮一樣褪去面層的黑色，露出柔和的七色，新長出來的樹皮漸漸修補破開了的樹洞。枝頭上的含苞小花一朵跟着一朵「噗噗噗噗」的排着隊盛放，花朵像有生命般擺動花瓣，一串又一串閃着迷幻光彩的花藤陸續從樹枝長出來，如同瀑布般傾瀉而下。

初長出的紫色小草從森林之樹向外鋪展，草坪就像一塊晶瑩的軟毛地毯，大地回歸平靜，閃着奇幻光芒的森林之樹觸手可及。

「很奇妙啊！」希比抬頭望着森林之樹，壯麗又夢幻的美景令她感到非常震撼，「魔幻之火重燃了！」

「魔幻之火原來並不是燃燒之火，而是指生命之火！」柏宇望向四周，灰茫茫的霧氣漸漸散去，泥土再沒發出難聞的氣味，森林裏的草木長出新芽，大地回復原本的色彩。

燃燒着火焰的火鳳凰熒熒從森林之樹飛出來，以美妙的翩翩身姿在天空滑翔。

「做得好！熒熒！」希比感動地說，「我們終於完成任務了！」

「大叔……」正當柏宇開口想向白斗篷查問，突然傳來一聲巨響。

「轟隆！」

此時，天空中傳出震撼的雷鳴，黑壓壓的烏雲攢動，漸漸成為一個帶着電光的旋渦，旋渦中心乍現一個黑色的身影。

「是魔法傳送門？」柏宇驚呼。

「是誰做的好事！」一把令人不寒而慄的聲音從黑色的身影傳過來，在眾人面前現身的是一個披着黑披風的老巫師。那件長得拖地的黑披風把老巫師從頭到腳包裹着，只隱約看見那一排染黑了的嚇人尖齒。

「咻！」一束白光利刃在毫無預兆下向着老巫師射去，老巫師一閃身剛好避開了。

「竟然可以輕易避開突如其來的攻擊？」柏宇驚呆了，轉頭望向身邊的白斗篷。

白斗篷出招的速度實在太快了，就連站在他身邊的柏宇也看不清楚，只見他雙手仍然閃耀着耀眼的白光。

「身手依然不遜當年，可是我們沒有預約占卜呢，巫師先生！」白斗篷揚起眉毛説。

「是你？」老巫師彷彿認識白斗篷，他用那雙像野獸尖爪一樣的手握緊骷髏魔杖，擺出迎戰狀態，「呵呵……戴了眼罩差點兒認不出你呢！我還以為你早已在這個世界消失了！」

「很可惜未能如你所願！」白斗篷攤開雙手，輕輕搖頭。

「這個……就是你說要來找的老朋友嗎？」柏宇的額角滲出豆大的汗，他意識到面前的老巫師一定不是普通的角色。

「嗯！」白斗篷低聲對柏宇和希比說，「既然魔幻之火已重燃，這裏再不需要你們了，快回去地球吧！」

「可是……」柏宇握緊拳頭，他很想幫忙。

「柏宇，你已經做得很好了，」白斗篷用他寬大而溫暖的手搭着柏宇說，「你令我感到自豪。」

「你說什麼？」柏宇望着白斗篷眼罩後那讚賞的眼神，他不知為何感到一股熟悉的感覺，還有前所未有的滿足。

「休想逃走！」老巫師展開雙臂喃喃唸咒，聲音彷彿從陰暗深處幽幽傳來，天空又再被迷霧籠罩，黑暗漸

漸擴散，地下長出一大堆如毒蛇一樣可怕的藤蔓。

原本在森林之樹上綻放的美麗花朵開始凋零，掉下來的殘花變成臭蟲覆蓋了整片荒蕪的大地，森林之樹再次枯乾萎靡。

剛剛回復生氣的森林瞬間又變成了煉獄，同時間老巫師的身影就漸漸融入黑暗之中。

「什麼？我們不是已燃點魔幻之火了嗎？為什麼森林還是這樣子？」柏宇愕然地叫道，他的身體被黑霧纏繞，使他感到全身重得像鉛，連動根手指也有困難。

希比亦感到身體被黑霧狠狠壓着，舉步維艱。

「是幻術！」眼罩下難掩白斗篷那張凝重的臉，他呼喝着，「集中精神，不要去聽黯靈的聲音，別被眼前虛假的影像迷惑！」

「我⋯⋯我不能呼吸！」柏宇感覺心臟快要被掏出來，他抓着胸口痛苦地跪倒在地上。

「柏宇！希比！」幻術似乎對火鳳凰燊燊起不了效用，她展開長長的翅膀鼓動四周的氣流，圍繞着二人飛翔，以炙熱之火驅散纏在他們身上的黑霧，可是剛剛散去的黑霧隨即再次聚集，而且還越來越濃烈。

白斗篷雙手在空中祭出一個白色光環，光環內呈現一個由奇特符咒堆砌成的五芒星，並隨着口訣綻放閃耀光芒，漸漸覆蓋了整片大地。

「是剋制暗元素的光魔法陣！」白光帶着一股溫暖的氣息，令喘着氣的柏宇霎時感到無比的安穩。

強大的魔法白光不但驅走陰森的黑霧，就連詭異的幻象也一併消除，森林再次回復生氣。

「聖光魔法陣？」熒熒吃驚地叫了出來，似乎她曾見過這種奇妙的魔法，心想，「這個神秘的白斗篷跟傳說中的大魔法騎士安雷爾‧普名到底有什麼關係？」

同時間，原本隱藏在黑暗的老巫師失去黑霧遮擋被逼現身，他見幻術被破，於是把黑披風反手一揮，急忙地閃身逃跑。

黑白對決

　　光和暗自盤古初開一直共存，光暗一體，相生相剋，兩者有着此消彼長的關係，從來都不能完全殲滅對方。

　　源於光和暗的白魔法和黑魔法，象徵着正義和邪惡，而「魔法騎士」一族除了擁有保衛魔幻國五塊領土和平的使命外，更肩負起一個世代相傳的任務，就是阻止黑魔法力量的入侵。

　　在魔幻國，大魔法騎士安雷爾·普名是一個無人不知、無人不尊敬的名字，可是自從露露公主加冕成為星空王域的管治者後，他便失去了音訊。與此同時，黑魔法力量在毫無預兆下先後入侵星空王域和森林王域。

　　渾身散發着黑魔法力量的老巫師是魔界的代表，他首先毀滅了能夠啟動魔幻水晶的星光寶石，接着打算把魔幻國五個領域的魔法力量泉源逐一封印，繼而打開魔界的缺口，讓魔界可以控制強大的魔幻水晶。可是偏偏在這個時候殺出可惡的大魔法騎士，此刻他的心情難免

不甘。

　　雖然老巫師擁有強大的黑魔法，但見識到大魔法騎士的得意技「聖光魔法陣」後，生性謹慎、老謀深算的他實在不想以自己寶貴的性命作賭注，所以他決定「三十六計，走為上計」，未打先拔足而逃。

　　可惜，眼前的白斗篷早已看穿他的意圖。白斗篷使出強勁的光魔法，渾身霎時釋出耀眼的魔法白光，令以影子遁術隱身的老巫師無所遁形。老巫師唯有逼着現身，在半空跟白斗篷對戰。

　　「魔幻國遲早都會成為魔界的囊中之物，既然你多管閒事，我就讓你嚐嚐黑魔法的厲害！」老巫師身上散發的黑魔法氣團令黑披風蓬然脹開，他揮動骷髏魔杖射出的黑色激光，抵抗着白斗篷魔法陣發出的白色光芒。

　　濃烈的黑魔法氣息從老巫師身上無止境地湧出來，他漆黑的衣擺在風中不斷翻飛。

　　柏宇完全幫不上忙，只得心急如焚的站在一旁乾瞪着二人對決。

　　老巫師突然幻化出十個相同的身影，把白斗篷重重包圍。

「我來幫忙！」按捺不住的柏宇使出風翼術，揮劍撲向老巫師。

「柏宇，不要過來！」白斗篷回頭大喊，可是叫不住正勇往直前的柏宇。

奸險的老巫師留意到白斗篷對柏宇相當關注，於是趁機派分身從後偷襲柏宇，一道黑色激光向着柏宇後背射去。

「嘿！」白斗篷當機立斷伸出左手擲出「朗基努斯光之槍」替柏宇擋住黑色激光，可他一分神，魔法陣的白光力量隨即減弱。老巫師看出破綻於是乘勢追擊，以骷髏魔杖激射出成千上萬道帶着黑芒的電光，狠狠轟向白斗篷。

「嘭！嘭！嘭！嘭！」白斗篷從半空被轟下來，披在他身上的斗篷和眼罩都差不多完全被電擊弄破，露出一身光亮的騎士鎧甲，令柏宇和希比大為震驚。

只有熒熒，終於確認了白斗篷的身分。

在場眾人心知，幸好白斗篷穿了堅固的鎧甲作保護，否則誰也抵擋不了這厲害的黑魔法攻擊。

老巫師猙獰地仰天大笑，他低沉沙啞的笑聲在半空

中迴蕩，令人感到毛骨悚然。

「你怎麼了？」希比正想取出曼拉粉蝶替白斗篷療傷，怎料白斗篷的傷口竟發出金光，慢慢癒合。

「大叔！」柏宇邁開步伐走上前想把他扶起，卻被白斗篷叫住。

背向柏宇的白斗篷單膝跪地，他伸出右臂阻止柏宇靠近：「別過來！」

這把聲音，這個身影，柏宇的心突然急速跳動，腦袋想着剛才發生的一切，感到非常混亂，僵硬的身體完全不聽使喚。

「這裏太危險了，你們快離開吧！」白斗篷大喝。

老巫師的分身再次向柏宇和希比進擊，卻被白斗篷手心發出的白光驅散。

「你的對手是我，」白斗篷用手上的「朗基努斯光之槍」指着老巫師，說：「一切都源於你，你究竟是何方神聖？露露公主究竟被囚在哪裏？」

老巫師陰沉一笑，閃着赤紅亮光的雙眼從黑披風透出來：「一個命不久矣的人，不需要知道任何答案。」

「就憑你？唏！」白斗篷語音未落，他手上的光之

槍精準地擲向老巫師。老巫師這次反守為攻，祭起黑魔法幻化出一條巨大毒蛇迎擊。

　　就在短兵相接之間，光之槍把張開血盆大口的毒蛇貫穿，怎料毒蛇身上的黑魔法力量並沒有因此潰散，反而瞬間凝聚成無數小毒蛇從四方八面襲向白斗篷。

　　「暗黑力量，毒蛇纏咬陣！」老巫師險險避過白斗篷的攻擊，急急催動強大的黑魔法力量，誓要一舉把眼前的大敵殲滅。

　　「紅晶星光力量，火鳳凰穿雲箭！」希比躍起連環射出帶着旋勁的鳳凰之箭，一下子把大堆毒蛇消滅，可惜毒蛇的數量不斷倍增。一羣毒蛇剛被希比消滅，另一羣毒蛇不知從何又再竄出來，令白斗篷再度被注滿黑魔法力量的毒蛇重重纏繞。

　　「不──」柏宇不顧一切衝向白斗篷，他執起炎神之刃胡亂地揮向毒蛇羣。

　　「受死吧！大魔法騎士安雷爾‧普名！」老巫師唸出咒語再下一城，無數毒蛇立即洶湧結成劇烈的龍捲風，如箭如刃般襲向白斗篷全身。

　　柏宇和希比被強烈的黑魔法氣流波及，身體壓在地

面動彈不得。二人只能眼巴巴的看着白斗篷身上散發出來的光魔法被漸漸掩蓋，然後完全吞噬。

「哈哈……」猙獰的笑聲在空中迴蕩，彷彿了結了老巫師一直埋藏心底的願望。

「不……不要啊！」柏宇急得想哭出來，他的胸口似被緊緊勒住，一種不祥的預感油然而生。

當場中所有人以為白斗篷要命喪於此時，原本不斷旋轉的龍捲風突然減速，最後戛然而止。然後，眾人都聽得清清楚楚，龍捲風內傳出一陣熟悉而清脆的唸咒聲音。

「神聖之光魔法，破除黑暗！」

「什麼？不可能的！」老巫師簡直不相信自己的眼睛，他看見面前原本把白斗篷吞噬的黑魔法氣旋竟逐漸分崩瓦解，氣旋裏頭更綻放出耀眼而溫暖的白光。

但最意想不到的是……

「哇啊！」淒厲的慘叫聲響徹天際，是老巫師！

去而復返的「朗基努斯光之槍」穿透老巫師的身體，更以光速之勢衝破已有無數裂紋的黑魔法氣團。

「可惡啊……」老巫師那張長滿毒瘡的臉從黑披風

的帽沿露了出來，他用尖爪一樣的手搗着散發着黑煙的傷口轉身落荒而逃。

此時，一襲耀目的銀白色光芒從黑魔法氣團中穿透出來，完全淹沒掉令人窒息的黑魔法力量。希比看到柏宇破涕為笑，因為浮現半空中的身影不單完好無缺，更威風凜凜地手持光之槍出現在眼前。

「不可能的⋯⋯」柏宇無法掩飾他既震撼又疑惑的心情。

白斗篷，不，應該是大魔法騎士安雷爾・普名完全沒有被黑魔法毒蛇所傷，他大喊：「你的黑魔法對我這身神聖極光騎士鎧甲一丁點傷害也沒有，你束手就擒吧。」

「妄想！」老巫師雖嘴硬，但心知鐵定敵不過眼前這個人。他立即開啟魔法傳送門，就在他準備逃之夭夭之際，一道快得連眼睛也捕捉不到的黑色閃電俐落地轟在身受重傷的老巫師頭上，把他從半空中擊落。

「嗚——」

「嘭」的一聲，地面被轟出一個巨大的坑洞。

「為⋯⋯什⋯⋯麼？」被殛得半死不活的老巫師軟

攤在地，勉強睜開雙眼望向半空中的黑影，氣若游絲、不敢置信地問。

「你已經不管用了！」一把帶着稚氣的聲音從天際傳來。

眾人抬頭一看，四周瀰漫着黑煙的天空漸漸聚攏起來，形成一個黑色半透明的圓球，圓球內隱約看出一個纖纖的身影。

黑色圓球剎那間化為一團煙霧，當煙霧漸漸散去，出現在眾人眼前的是一個身穿黑色長裙，胸前掛着一條黑色寶石頸鏈的少女。

在黑色髮絲的覆蓋下，隱約可見一雙漆黑深邃的眼眸，濃密而捲翹的睫毛，陶瓷般細緻潔白的肌膚和一副冷若冰霜的表情。

「她……」熒熒說不出話來。

「她是誰？」柏宇瞪大雙眼追問。

「是黑暝……」平日說話機靈的熒熒變得結結巴巴，呆了半晌終於說出：「黑暝公主！」

「不！」大魔法騎士安雷爾‧普名的眉頭緊蹙，臉色難看至極，因為他深知眼前少女的真正身分，「現在

應該稱呼她為黑暝領主！」

「什麼？」柏宇驚呼，沒想到最大敵人竟會在這情況登場。

「黑暝領主？」希比望向少女那張白得看不出血色的臉孔，心頭的震撼亦無以復加。

「不可能……她竟然就是攻擊魔幻國的惡魔？」熟知魔幻國一切的火鳳凰焱焱簡直不願相信自己的耳朵。

「快走吧！這裏已沒有你們的事，別再呆在這裏！」大魔法騎士安雷爾‧普名擺開戰陣，再三催促希比幾人離開。

表面上，他準備跟黑暝領主一戰；實際上，眼前這少女出現之後，大魔法騎士安雷爾‧普名原本渾身散發出來的閃爍光魔法星雲，已完全被這個他口中叫「黑暝領主」的少女掩蓋……不！應該是侵蝕。

就在柏宇、希比二人還在驚疑之間，大魔法騎士發出一股強大的氣流，把他們推向已打開的時空裂縫。

一直背向柏宇的大魔法騎士安雷爾轉身向他微笑，似是作最後的道別。

那張熟悉的臉孔，那副總是帶着溫暖的身軀，柏

宇不想確認，不想相信，可是嘴巴不自覺地唸出：

「爸……爸……」

「爸爸？」希比吃驚地看着柏宇。

「我以你為榮！」帶着微笑的白斗篷低聲說。

「不！」大魔法騎士安雷爾的身影在柏宇的眼淚中漸漸變得模糊。

「咔！」時空裂縫毫不留情地合上。

未完的挑戰

「爸爸！」柏宇突然從惡夢中驚醒過來，他的額頭和背脊全是濕淋淋的汗水。

「柏宇，你終於醒了！」

柏宇揉着雙眼，眼前浮現一雙憂心忡忡的眼眸。

「你感覺怎樣？」騰騰跳上芯言的肩膀，擔心地問柏宇。

「芯言？騰騰？」柏宇勉強地撐起身體環視四周，他發現正身處自己房間的牀上，於是忙不迭地問，「我爸爸呢？希比和熒熒呢？」

「希比和熒熒已經回到波拉蘭國與大長老會合，她們要查看魔幻之火有沒有再次被封印。」芯言低下頭，臉上堆着複雜的表情。

「希比已把在魔幻森林發生的事告訴我們，想不到原來大魔法騎士就是你爸爸。」騰騰翻動着他長長的耳朵，滿心疑惑地說，「我猜你爸爸經常不在家的原因，一定是到處去尋找露露公主的消息。」

「爸爸他⋯⋯他還在魔幻森林嗎？」柏宇用繃緊的嗓音追問，一股前所未有的焦躁和不耐煩在他的心頭湧出來。

芯言難過地搖搖頭道：「我們不知道。」

「大魔法騎士的魔法力量絕對凌駕黑暝公主，可是現在的黑暝公主已經變成了黑暝領主！」騰騰志忑不安地在芯言肩膀兩邊跳來跳去。

「黑暝公主不是魔幻國五大領土的其中一位管治者嗎？為什麼她要侵略其他領土？」芯言內心越來越多不解疑團。

「依照焱焱臨走前所說，黑暝公主渾身散發着魔界的黑魔法氣息⋯⋯再也不是從前那位善良的黑暝公主。」騰騰皺着眉陷入沉思。

「魔界的黑魔法氣息？怎會⋯⋯」芯言還未說完，便被柏宇激動的聲音蓋下去。

「我不管是黑暝公主還是黑暝領主，我要回去魔幻森林！」柏宇掀開被子打算爬下牀，怎料一個不留神摔倒在地上。

原來，剛才一直在魔幻國緊握着炎神之刃的柏宇身

體早已不勝負荷。雙手傳來的麻痺，滿身散發的刺痛，令硬要站起來的柏宇不到兩秒，雙腿便已無力支撐。

芯言趕緊用自己的身體托住高大的柏宇，以免他再次倒地。

「你還是躺着別亂動，剛才施展的魔法力量已令你透支太多體力！」騰騰跳到柏宇面前，勸阻着他。

「別阻我！我現在就要去！」柏宇又想站起來，卻連甩開芯言的力量也不夠。

於是，騰騰唯有使出魔法力量，把柏宇的身體變得像氣球一樣輕，然後把他搬移到牀上去。

「柏宇，我明白你的感受，」芯言按着柏宇的肩膀，「可是這個時候你幫不上忙的，而且燊燊剛才已試過打開時空之門，可是發現魔幻森林被施加強大的黑魔法封印。連繫着魔幻國的所有入口也同樣封住了，根本沒法子走進去！」

「不能進入時空之門？怎會這樣的？」柏宇不敢相信自己的耳朵，他抓着騰騰追問道。

「魔法噴泉是魔幻國的魔法泉源，而魔幻之火是代表魔幻國的生命力，」騰騰揉揉雙手，在空中投射出一

個圖像，說，「魔幻國五個地域掌管着不同的魔法力量制衡魔界的力量，黑暝領主把星空王域和森林王域的魔法力量接連封印，目的不言而喻。」

「黑暝領主想要令魔幻國的一切被黑魔法吞噬？」芯言的睫毛微微抖動，心臟頓時像壞了的拍子機胡亂跳躍。

「估計就是這樣了，我們先後把黑暝領主的封印破解，她一定不會就此罷休的！」騰騰分析說，「要再次封印魔法噴泉和魔幻之火需要很多黑魔法力量，黑暝領主施下結界，一定是不讓我們再去壞她的好事！」

柏宇把臉埋在兩膝之間久久不作聲，這是他第一次感到絕望和無助，他多麼希望自己能夠擁有足夠的力量去保護重要的人。

「我以你為榮！」柏宇想起爸爸在魔幻森林對他說的最後一句話，他的心好像要沉到地底去，眼淚再忍不住一滴一滴沾濕牀鋪。

芯言雖然多次與柏宇並肩作戰，但從來也沒看過柏宇這樣傷心，她多麼希望可以分擔柏宇的痛苦。

「你的爸爸是魔幻國最厲害的大魔法騎士，他一定

能夠平安回來的！」芯言握緊柏宇冰冷的雙手，彷彿把令人安心的力量注入柏宇身體，「我們一起想法子吧，我相信大魔法騎士一定會吉人天相的！」

「芯言！」這時，一身魔法少女裝束的芝芝帶着毛毛緊張地跑進房間來。

「芝芝，有消息嗎？」芯言着急地問。

「嗯！」芝芝按下魔法眼鏡的通訊器，説，「希比剛把訊息傳來，大長老確認魔幻之火仍然燃燒着，沒有再被封印！」

「那麼説，大魔法騎士已經擊敗了黑暝領主嗎？」芯言欣切地問。

「這個還未能確認。」芝芝面有難色，咬着唇輕輕答。

「芝芝，我怎樣才可聯繫上我爸爸？」柏宇抬起頭，緊張地問。

「要解開封着魔幻國入口的結界，只有一個方法，」毛毛推斷説，「我們要集結星之碎片打開魔幻國之門，救出露露公主啟動魔幻水晶，擊敗黑暝領主！」

「即是要找出餘下的一位星之魔法少女？」關心爸

爸安危的柏宇顯得方寸大亂，他搶着道，「人海茫茫可以去哪裏找？遠水不能救近火，來不及了！」

騰騰跳上柏宇頭上，彷彿要他冷靜下來，並對他說：「在你和希比到魔幻森林的一刻開始，我們就經已着手尋找最後一塊星之碎片。芯言和芝芝分別被魔幻國派來的魔獸襲擊，過程驚險重重。雖然最後都被我們擊退，但魔獸的級數都比以往高，大家都受了點傷……」

「芯言！你受傷了嗎？是哪裏受傷？」柏宇此時才意識到，身旁的芯言仍未解除星之魔法少女裝束，而她的臉蛋和手腳都有紅腫和傷痕。

「現在已經不礙事了！」芯言臉上露出招牌的樂天笑容，「芝芝在你們離開後，迅速掌握了一些治癒魔法，我身上的傷已康復得七七八八了。」

「還痛嗎？」柏宇輕拭着芯言臉上的紅印。

芯言搖搖頭，敲了一下自己的腦袋，說：「哈哈！都怪我是個遲鈍怪！」

「討厭鬼……遲鈍怪……」芯言的傷叫柏宇暗地裏自責，他想起只有他倆知道的這個秘密暱稱，「如果當時我在你身邊的話……」

「你要快點振作啊！」芯言吶吶地說。

「討厭鬼知道了！」柏宇撫摸着芯言的頭，他那雙深邃的雙眼定定地凝望着芯言，心坎泛起莫名的弦動。

「嘟嘟嘟嘟嘟⋯⋯」突然，芝芝的魔法眼鏡傳出一陣高音的聲響，把眾人的目光吸引過去。

「芝芝，怎麼了？」毛毛神色凝重地問。

「又有魔獸來襲嗎？」騰騰立即鼓動魔法力量準備迎戰。

「芝芝……」芯言抿緊嘴巴注視着芝芝，不敢打擾。

終於，芝芝興奮地道——

「找到了！我終於可以重新鎖定『它』的位置啊！」

「是星之碎片嗎？在哪裏？」柏宇問。

下一刻，芝芝臉色一變，「『它』就在……」

魔法書，請問……

「朗基努斯光之槍」到底是怎樣的魔法道具？

朗基努斯光之槍

　　今集登場的「朗基努斯光之槍」，是故事中魔幻國最強守護者，亦同時是星空王域露露公主的魔法老師「大魔法騎士」安雷爾‧普名所擁有的專屬武器。「朗基努斯光之槍」擁有抗衡黑魔法的能力，而貫注入光魔法後，更可以消滅來自魔界的黑暗力量。「大魔法騎士」配上「朗基努斯光之槍」，就是象徵守衛魔幻國的第一道屏障。

　　在過去的典籍中也曾出現過類似的武器，那就是「朗基努斯之槍」，它又稱「命運之矛」或「聖矛」。傳說耶穌被釘上十字架後，一位名叫朗基努斯的羅馬士兵為了確認耶穌是否真的死去，於是用長矛戳刺耶穌，這枝長矛因沾上了耶穌身體的血而擁有神聖力量。

　　「朗基努斯之槍」的神奇力量在歷史上眾說紛紜，相傳只要擁有這枝「聖矛」，就可以得到統治世界的機遇和戰無不勝的力量，又或是可取得意想不到的超能力。據聞在公元八至九世紀統治法蘭克王國的

查理大帝，就是因為擁有這枝槍而獲得「千里眼」的超能力。而東法蘭克王國的亨利一世、神聖羅馬帝國的鄂圖一世，甚至有紅鬍子之稱的腓特烈一世等，都是傳說曾擁有這枝槍的歷史名人。

「朗基努斯之槍」不單是宗教聖物，亦啟發後世不少故事創作。而它的出現總是很極端，有些故事把它形容為對抗黑暗、消滅邪惡的象徵；有些故事則把它形容為擁有對付聖人的強大黑暗器具，但無論如何都不改「朗基努斯之槍」鮮明的強大力量形象。

想知道故事中的「朗基努斯光之槍」究竟還有什麼突出的表現？繼續追看下去便會知曉！

「出來吧！以神聖之名，召喚朗基努斯光之槍！」

星之魔法少女4

燃點魔幻之火

作　　者：車人

繪　　圖：蕭邦仲

責任編輯：林沛暘

美術設計：李成宇

出　　版：新雅文化事業有限公司

　　　　　香港英皇道499號北角工業大廈18樓

　　　　　電話：（852）2138 7998

　　　　　傳真：（852）2597 4003

　　　　　網址：http://www.sunya.com.hk

　　　　　電郵：marketing@sunya.com.hk

發　　行：香港聯合書刊物流有限公司

　　　　　香港新界大埔汀麗路36號中華商務印刷大廈3字樓

　　　　　電話：（852）2150 2100

　　　　　傳真：（852）2407 3062

　　　　　電郵：info@suplogistics.com.hk

印　　刷：中華商務彩色印刷有限公司

　　　　　香港新界大埔汀麗路36號

版　　次：二〇二〇年六月初版

ISBN：978-962-08-7535-9

© 2020 Sun Ya Publications（HK）Ltd.

18/F, North Point Industrial Building, 499 King's Road, Hong Kong

Published in Hong Kong

Printed in China